Jürgen Reimer

EIN STILLER REBELL

Aus dem Leben eines Außenseiters

Roman

Jürgen Reimer

EIN STILLER REBELL
Aus dem Leben eines Außenseiters

Roman

Reimer, Jürgen: Ein stiller Rebell
Aus dem Leben eines Außenseiters: Roman/Jürgen Reimer Orig. Ausg.
Hamburg: Jard Verlag 2003
(edition Jard)
ISBN 3-8330-1079-7

Titelfoto: Dieter Abel
Herstellung: Books on Demand GmbH, Norderstedt
Printed in Germany

Erster Teil

1

Finsternis umgab sie. Nur das Innere des Waggons wurde von künstlichem Licht erhellt. Ein Licht, welches die Dunkelheit, die draußen herrschte, noch bewusster machte.

Vor wenigen Minuten hatte sich der Zug aus gleißender Mittagssonne in die Röhre eines Tunnels gestürzt und statt der mit Pinien und Zypressen bestandenen Hügellandschaft waren sie jetzt von harten feuchten Wänden umgeben, die fast die Fenster des Waggons zu berühren schienen. Dann hatte sie dieses verzweifelte Quietschgeräusch der Bremsen erschreckt, das Angst vor einem in den nächsten Sekunden möglichen Aufprall auslöste. Aber es passierte kein Zusammenstoß, kein Feuer und Qualm, kein Durcheinander und das wilde Geschrei in Panik geratener Menschen. Ein jäher Halt des Zuges. Die Spannung löste sich, ein Gefühl freudiger Erleichterung breitete sich aus.

Seit einer Viertelstunde stand schon der Eurocity München-Rom im dunklen Schacht, eingezwängt von Wänden, die sich nach oben im Schwarz des Dunkels verloren.

Im überfüllten Wagen war das Gerede, das Gelächter einem verhaltenen Flüstern gewichen. Hin und wieder vernahm man ein Stöhnen, manchmal einen Seufzer der Ungeduld.

Engelfried Leiser sah zu seiner Frau hinüber. Scheu wandte er seinen Blick ihr zu. Birgits Gesicht schien in diesem Augenblick nur aus Augen zu bestehen, die starr vor sich auf einen Punkt gerichtet waren. Er spürte, wie sie am ganzen Körper zitterte. Sie tat ihm leid und er verfluchte den Zug, die Bahn insgesamt, die ihnen diese Qual antaten. Beim Halt des Zuges war ihr im Mittelgang ein Gepäckstück vor die Füße gefallen. Eine schwere Tasche, die nur um wenige Zentimeter ihren Kopf verfehlt hatte.

Zu Hause hatten sie gehofft, ihnen würde auf dieser Reise eine Situation wie diese erspart bleiben.

Engelfried erinnerte sich. Einmal waren sie mit ihrem Wagen in einen Stau geraten, der sich in der Tunnelröhre einer Autobahn gebildet hatte. Mit großer Mühe hatte er Birgit davon abhalten können, die Wagentür aufzureißen und kopflos zu Fuß in Richtung Tunnelausgang weiterzulaufen. Er hatte sie in den Arm genommen, ihren Kopf an sich gedrückt, auf sie eingeredet, sie mit Worten zu beruhigen versucht. Es geht doch gleich weiter, hatte er immer wieder geflüstert. Ein anderes Mal war sie an einer unbekannten Station in Panik aus einem U-Bahnwagen gestürzt, hatte ihn allein zurückgelassen. Der Zug war kurz zuvor wegen eines Kabelbrandes fünf Minuten im Schacht stehen geblieben.

Der Intercity schien wie festgenagelt. Während sich die Ungeduld des Mannes mit zunehmender Dauer in Unruhe wandelte, litt die Frau an seiner Seite schon seit langem Höllenqualen. Er fluchte vor sich hin, versuchte dann, als sich auch jetzt, nach 15 Minuten, noch nichts rührte, in die stille Ergebenheit eines Bittgebets zu fliehen. Es wurde kein Bittgebet. Statt dessen schrie es wütend in ihm: Ich will endlich die Öffnung des Tunnels! Er wusste jedoch: hier gab es kein Entrinnen. Wie hätte man auch den Zug verlassen und in die Dunkelheit eines ihnen beiden unbekannten Gefängnisses springen können. Nein, sie hätten sich nicht auf das Abenteuer einer derart mit Risiken behafteten Reise einlassen sollen. Behutsam versuchte er den Arm um seine Frau zu legen. Ihr ganzer Körper schien von einem Schüttelfrost ergriffen zu sein. Er machte sich Vorwürfe, sie zu dieser Fahrt überredet zu haben. Aber es war ihr beider Wunsch gewesen, Rom noch einmal wiederzusehen.

Wegen Birgits Krankheit hätten sie nie einen Flieger nehmen können.
Und die vielen Tunnel, die der Zug durchfahren musste und die sie

von früheren Reisen erinnerten, hatten sie aus ihrem Gedächtnis verdrängen wollen. Birgit hatte gesagt: an die will ich mich nicht erinnern. Ich habe sie vergessen. Sie gehen auch schnell vorüber.

Dieser ging nicht schnell vorüber.

Mit der Zeit breitete sich Unruhe unter den Passagieren aus. Irgendwo schrie ein Kind. Engelfried verstand das Wort ‚Coincidenza', das jetzt einige Menschen rechts vom Gang mit pathetisch verzweifelter Miene herausstießen. Flüche waren zu hören. All das interessierte ihn nicht. Hoffentlich macht ihr Herz mit, dachte er. Er erinnerte sich an eine Zeitungsnotiz. In ihr war von einem Zug die Rede gewesen, der im Tunnel entgleist und in dem ein Feuer ausgebrochen war. Für einen Augenblick malte sich seine Phantasie ein Inferno aus. Ihn schauderte.

Noch immer hielt der Zug. Sie waren Gefangene in einem dunklen Verlies, von Kerkerwänden erdrückt, die den Organismus nie wieder freigeben, für immer begraben würden. So ähnlich musste es wohl im Inneren seiner Frau jetzt aussehen. Ja, so würde sie empfinden. So hatte sie es ihm einmal geschildert, als sie später wieder ins Freie gekommen waren. Mir ist immer, als würde die Seele stranguliert, in einem langsamen, die Panik steigernden Erstickungstod gefoltert.

Sein Blick war starr nach vorn auf eine ihm gegenüber sitzende Frau gerichtet, welche apathisch vor sich hinsah. Seinen rechten Arm hatte Engelfried fest um seine Frau gelegt. Seine Geste deutete den Wunsch an, sie zu beschützen. Er fluchte weiter vor sich hin, ängstigte sich, sie würde die Qual nicht durchstehen. Die Folter, der sie ausgesetzt war, könne einen tödlichen Ausgang nehmen.

Dreißig Minuten waren vergangen. Keine Information erreichte die Fahrgäste. Von irgendwo her kam eine Stimme, ruhig und beiläufig: Der Lokführer ist zum Essen gegangen. Das pflegt er regelmäßig zu tun. Er parkt den Zug im Tunnel, damit die Fahrgäste nicht unter der Hitze zu leiden haben. Keiner lachte.

Einige waren unwillig aufgesprungen, versuchten, ihrem Ärger durch Bewegung im schmalen, von vielen Koffern verstellten Gang Luft zu machen.

Er fürchtete sich, in ihr Gesicht zu blicken. Die Sorge um sie ließ keinen klaren Gedanken in seinem Kopf entstehen.

Die Italienerin ihm gegenüber, eine junge Ärztin aus Verona, mit der sie beide sich zuvor unterhalten hatten, wendete den Kopf zur Seite und sah angestrengt aus dem Fenster auf die schwarze Wand, die sich hinter dem Fenster auftürmte. Birgit harrte in ihrer unbeweglichen Haltung aus. Nur das Zittern, das durch ihren ganzen Körper ging, war geblieben und strömte durch seinen Arm, den er noch fester um sie gelegt hatte. Sprich mich in solchem Augenblick bitte nicht an, hatte sie einmal gesagt. Bitte nicht reden. Dann werde ich besser damit fertig. Schon seit einer Stunde waren sie jetzt Gefangene.

2

Es war früher Nachmittag. Seit zwei Stunden zog nun wieder eine Landschaft mit Schirmpinien, Ölbäumen, Wein und Zypressen am Fenster vorbei. Im Zug hatten sich die Menschen beruhigt. Einige schliefen, andere redeten und gestikulierten. Birgit versuchte ein wenig zu lächeln. Sie beide hatten seit der Weiterfahrt kaum miteinander gesprochen. Er spürte: es war besser, sie noch eine Weile sich selbst zu überlassen. Es ist dann wie ein Schock, aus dem mich die Natur langsam herausholt, bis ich wach bin und wieder Mut fasse. Das dauert eine bestimmte Zeit. Er erinnerte sich. Sie hatte diese Worte wiederholt zu ihm gesagt. Diesen Wunsch wollte er respektieren, auch wenn es ihm weh tat, ihr bei diesem stillen Prozess nicht helfen zu können.

Ihm kam es so vor, als säßen sie schon seit Tagen in diesem Zug. Dabei waren sie nach einem Aufenthalt von einigen Tagen am Gardasee erst am späten Morgen in Verona zugestiegen. Jetzt war er froh, seine Frau wieder in einer besseren seelischen Verfassung zu sehen.

Engelfried Leisers 50. Geburtstag stand bevor. Ein Tag, auf den er sich wie ein Kind freute. Diesen Termin empfand er wie einen großen Inspirator. Er lächelte. Das lag in der Familie. Während andere zum Beispiel in banger Erwartung auf das 70. Lebensjahr zusteuerten, war schon sein Vater, je näher der Tag gekommen war, von einer sich steigernden Heiterkeit erfasst worden. Warum eigentlich? Warten wir auf das Älterwerden, sehnen es herbei? Vielleicht sogar den Tod, der sich doch nach jedem Jahrzehnt deutlicher zeigt, mit Stundenglas und Sense?

Nein, an das Sterben wollte er nicht denken. Im Gegenteil. Aber lässt die Aussicht auf das Älterwerden das Leben nicht in einem noch schöneren Licht erscheinen, noch heller aufleuchten? Und geht nicht von einem späten Termin rückwirkend eine Lust aus, eine fiebrige Spannung, eine nicht mehr erwartete Motivation? Wird nicht der Ehrgeiz beflügelt? Hatte sich der Vater nicht noch kurz vor seinem 70. Geburtstag zu einem ausdauernden Jogger entwickelt?

Sicher. Viele Menschen fürchteten das Älterwerden. Aber er, Engelfried Leiser, brauchte diesen Termin, der von Monat zu Monat näher rückte, die noch verbleibende Frist knapper werden ließ.

Dem Vater hatte man das Nachlassen der Spannung nach dem großen Termin, auf den er ein ganzes Jahr hingelebt hatte, anmerken können. Doch nach einer kurzen depressiven Phase hatte dieser sich auf einen neuen Termin programmiert, so lange, bis es keinen mehr gab und keine in der Zukunft zu findende Aufgabe, die ihn hätte anspornen können. Kurz nach dem 80. Lebensjahr war er zusammengebrochen und gestorben. Das Leben durch kurzfristige Ziele zu strukturieren, Ziele, die aus dem Leben die Öde des Alltags verbannten und diesem die notwendige innere Spannung gaben. Ja, diesen Lebensstil würde er, Engelfried, gern verwirklichen.

Die Frau an seiner Seite reckte ihren Körper, der während des Aufenthalts im Tunnel zusammengesunken war. Sie schien ins Leben zurückgekehrt zu sein. Er freute sich für sie und für sich selbst. Birgit war es schließlich gewesen, die ihm bei der Bewältigung der schlimmsten Krise seines Lebens geholfen hatte. Er war stolz auf diese junge Frau, die 12 Jahre jünger war als er und seit vier Jahren zu ihm gehörte. Vor einem Jahr hatten sie geheiratet. Und ständig lebte die Angst in ihm, sie durch eine Krankheit oder Schlimmeres verlieren zu können.

Wo sind wir? fragte sie mit leiser Stimme und wandte ihm den Kopf zu. Er fuhr aus seinen Gedanken auf, blickte überrascht in ihr Gesicht. Alles war hell an ihr: der Teint, die Augen, das blonde Haar, das in einen Zopf überging. Ein Glücksgefühl durchströmte ihn. Wie spät ist es? wollte sie wissen. Wir müssen doch bald ankommen. Er sah aus dem Fenster. Die Berge wurden wieder höher. Wir nähern uns Latium. Orvieto muss bald kommen. Er nahm ihre schmale Hand. Ich bin ja so froh, dass es dir besser geht. Du tatst mir so leid vorhin, ergänzte er. Sie nickte und verzog den Mund. Noch eine Stunde länger und ich weiß nicht, was aus mir geworden wäre. Sie hasste es, bedauert zu werden.

Plötzlich erklang ein Jammern, ein Aufstöhnen und Bedauern aus verschiedenen Teilen ihres Waggons. Zwei Bahnbeamte standen im Gang, einige Sitzreihen voneinander getrennt und schienen die Mitreisenden über irgend etwas zu informieren. Oh Gott, wie schrecklich, rief eine Frau aus Deutschland. Ein Selbstmörder sei vor den Zug gesprungen, habe sich mit ausgestreckten Armen auf das Gleis gestellt, vor die heranbrausende Lok. Die Strecke habe eine Stunde gesperrt werden müssen, bis die Leiche des Mannes geborgen worden sei. Der Lokführer sei mit einem Schock ins Krankenhaus eingeliefert worden. Sie habe so etwas schon einmal erlebt, erzählte die Frau. In Deutschland. Erst vor kurzem sei das passiert. Ein alter Mann sei verwirrt und unter Medikamenteneinfluss auf die Gleise gelaufen und von dem Zug, in dem sie gesessen habe, erfasst worden.

Siamo un ora in ritardo, sagte der Beamte. Engelfried dachte an den Lokführer. Besonders der tat ihm leid. Er hatte einmal einen gekannt. Dieser arme Mann hatte in seinem Lokführerdasein sechs Menschen totgefahren. Engelfried erinnerte sich an dessen Erzählung. Ein junges Mädchen war unter den Toten gewesen, eine 18jährige. Sie habe ihm, den Lokführer, noch kurz vor dem Aufprall ins Gesicht gesehen. Der Mann hatte sich früh pensionieren lassen müssen. Geräusche verfolgten mich. Der dumpfe Knall beim Aufprall des Körpers, das Knirschen von brechenden Knochen. Du bist machtlos, kannst nicht ausweichen. Einmal machte ich eine Vollbremsung, weil ich an einem Haus ein Graffito mit einem Menschen verwechselt habe. Zuletzt habe er seinen Beruf trotz einer intensiven psychologischen Betreuung nicht mehr ausüben können.

3

Dies hier ist keine römische Kopie, sondern ein griechisches Original, erklärte Engelfried seiner Birgit. Er hatte sie auf einem Deich an der Nordsee kennen gelernt. Sie war ihm dort mit ihren Eltern begegnet. Das lag schon Jahre zurück. Sein kummervolles Gesicht war ihr aufgefallen. Ja, er sei ihr von Anfang an sympathisch gewesen. Lustige Männer habe sie nie gemocht.

Eine Schulklasse rannte an ihnen vorbei. Engelfried sah den Kindern mürrisch nach. Was sollen die hier. Ein Unsinn. Sind vielleicht elf oder zwölf Jahre alt. Wer hat in dem Alter schon Interesse für eine Skulpturensammlung.

Und der Dornauszieher, fragte Birgit, ist der auch ...? Engelfried zuckte mit den Achseln. Muss ich nachschlagen.

Sie dachte an den Selbstmörder vom Vortag. Was mochte den Mann zu diesem schrecklichen Entschluss bewogen haben? Angst überfiel sie. Nicht daran denken. Sie hatte gelesen, es käme heute so oft vor. Nein, man sollte sich nicht belasten. Das kurze Leben, das einem geschenkt war. Und hatte sie nicht mit sich zu tun? Sie musste an den Tunnel denken und ihren Zustand. Merkwürdig. Als sie so leiden musste, war der Mann schon tot gewesen. Sie spürte ein Unbehagen, das in ihr wuchs. Der Gedanke an die Rückfahrt durch den Tunnel ließ sie frösteln. Plötzlich sehnte sie sich nach ihrem Zuhause, der kleinen gemütlichen Wohnung, in der sie und Engelfried sich geborgen fühlten.

Der Tag war vorgeschritten. Jetzt hätte sie Lust auf eine Portion Spaghetti gehabt. Engelfried hatte ihr gesagt, er habe sich zu Hause ein Lokal empfehlen lassen. Heute Abend würden sie dort zu Abend essen.

Die Stimmen der Kinder waren verstummt. Sie standen allein in einem Raum vor den Kunstwerken. Nur ein Aufseher saß auf einem Stuhl in der Ecke. Wir wollen hier nicht zu lange bleiben, ich möchte noch auf den Palatin, sagte Engelfried. Wann war er dort mit der Klasse gewesen? Vor zehn Jahren? Oder waren es schon 15 Jahre? War er nicht gerne Lehrer gewesen und hatte viele Jahre Freude an seinem Beruf gehabt? Engelfried lächelte vor sich hin. Etwas Schmerzliches war in diesem Lächeln. Aber das konnte keiner entdecken, der ihn nicht genau kannte. Nicht einmal Birgit. Sie konnte ja nicht ahnen, was in regelmäßigen Abständen immer wieder in seinem Kopf vorging. Damals mit der Klasse. Wie begeistert sie alle ihm zugehört hatten. Das lag lange zurück. Und im Rückblick erschien ihm diese Zeit fast wie eine Idylle. Waren sie nicht auch auf der Navona gewesen? Klar. Er hatte sie zum Eisessen eingeladen. Und dann dieser Abschiedabend bei Rotwein in einer Osteria in Trastevere. Arrivederci Roma hatten sie alle auf dem Heimweg gesungen.
Was für eine wohltuende Atmosphäre war das noch gewesen. Damals wurde meine Arbeit anerkannt. Wichtig war es, die Schüler für die Kultur der Vergangenheit zu interessieren. Die Reisen waren auch Spaßreisen. Na klar, auch das, aber nicht nur.

4

Weil Birgit hungrig war, aßen sie in einer Trattoria eine Pizza.

Ich habe an den Deich gedacht, auf dem wir uns begegnet waren, sagte er, während er ihnen beiden aus einer offenen Karaffe einen weißen Vino locale einschenkte. Sie trinken einen Frascati, hatte der Kellner gesagt.
An den Deich?
Ja. Komisch, nicht?
Ja. Hier in Rom denkst du an unseren Deich?

Meine Gedanken pflegen ständig hin und herzuhüpfen. Meine innere Unruhe überträgt sich wahrscheinlich auf mein Hirn und die einfachste sinnliche Wahrnehmung kann eine Kette von Assoziationen auslösen.

Sie schnitt den Rand von der Pizza ab, genoss nur das mit Salami und Oliven besetzte Herzstück in der Mitte.

Birgit sagte: Und jetzt hat dein Gedächtnis aus der Tiefe der Vergangenheit dich erinnert, dass wir uns nach kurzem Geplauder intensiv über Rom unterhalten haben.

Ja. Ich hatte eine Reise hierher mit Schülern gemacht und fragte dich kurz nach unserer ersten Begegnung, ob du schon einmal in Rom warst. Es geschah aus Verlegenheit. Ich suchte nach einem Gesprächsthema.

Ich war mit Mama und Papa schon einmal als junges Mädchen hier gewesen. Wann haben wir uns noch genau kennengelernt?

Er nannte das Jahr ihres Kennenlernens.

Da war ich 34 Jahre alt. Und 16 war ich, als meine Eltern mit mir hier waren. Toll, was Papa damals alles mit uns unternommen hat, trotz seiner Verwundungen im Krieg und den Schmerzen, unter denen er immer litt.

Ist er nicht mit euch auf den Vesuv gestiegen? Bis zum Kraterrand?

Nicht auf den Vesuv, aber hier auf den Palatin.

Auch das ist schon eine Leistung für einen, der sein Bein im Krieg verloren hat.

Sie ließen Wein nachkommen.

An den Deich, unseren Deich denke ich sehr häufig. Dort hast du mich seelisch aufgefangen.

Ich weiß. Du sahst so traurig aus, als du mir begegnetest. Ich dachte: der arme Kerl, was ist denn mit dem los.

Sie schwiegen und lächelten.

Sie sagte: Du hast mir nichts vorgemacht, keine Rolle vorgespielt. Du warst absolut ehrlich. Sagtest schon nach einer Stunde, wie es um dich steht.

Also Mitleid?

Nein, nicht Mitleid. Ich empfand eine starke Sympathie für dich, aus der dann langsam mehr wurde.

Schließlich hattest du ja auch ein fürchterliches Erlebnis hinter dir.

Ja, aber erinnere mich nicht daran. Es ist gerade so schön jetzt, beim Wein zu sitzen, ein wenig beschwipst zu sein, und das zur Mittagszeit. Wann kann man sich das schon zu Hause leisten.

Du hast recht, besonders wenn ich an gestern, an das Tunnelabenteuer denke.

Aber du, du denkst doch immer gern an alte Leiden zurück. Wie war das? Du littst damals unter chronischen Schlafstörungen und Herzbeschwerden. Du Armer. Das hast du mir schon nach einer Stunde anvertraut.

Nicht nach einer Stunde, am nächsten Abend, als wir uns wiedersahen.

Das weiß ich nicht mehr so genau.

Ich litt unter psychosomatischen Störungen. Ich sollte wegen einer Bluthochdruckkrise, verbunden mit permanenten Schwindelgefühlen auf ärztlichen Rat hin den Unterricht aufgeben.

Richtig. So war das. Du solltest und wolltest ...

Ja natürlich, ich wollte auch ... aus dem Schuldienst ausscheiden. Es bestand die Gefahr weiterer gesundheitlicher Verschlechterung mit nicht vorhersehbaren Risiken.

Du warst krankgeschrieben. Ich weiß. Und dann die Überraschung. Es stellte sich heraus, dass wir Kollegen waren. Ich stand noch am Anfang.

Du hattest schon acht Jahre unterrichtet.

Birgit lachte. Na gut, also fast am Anfang. Und du am Ende. Sehr komisch.

Komisch aus heutiger Sicht. Damals ging es mir verdammt dreckig.

Sag mal, dieser Frascati-Wein wirkt auf mich wie Champagner. Geht es dir auch so? Er macht überhaupt nicht müde.

Was ich dir jetzt erzähle, habe ich dir noch nie erzählt.

Ich bin gespannt. Aber nichts über Krankheiten, bitte nicht. Wollten wir nicht heute Nachmittag auf den Palatin?

Es ist schon ein wenig spät für Forum und Palatin. Morgen Vormittag ist besser. Es wäre schade, die beiden Stätten, auf die ich mich schon in Deutschland gefreut habe, jetzt schnell abzuhaken.

Gut. Wir haben aber noch so viel Zeit. Was wolltest du erzählen?

Ich denke gerade hier in Rom an meine schönste Zeit als Lehrer zurück. Ich sehe noch jeden einzelnen der Schüler und der Schülerinnen, mit denen ich hier war, vor mir. Es war die Klassenreise, an die ich immer zurückdenke. Ich muss das loswerden. Komm, wir bestellen noch Wein.

Für mich nicht. Willst du hier versacken, am hellen Nachmittag?

Erzähl. Erzähl schon. Ich weiß: du brauchst das.

In der Zeit ... kurz vor unserem Kennenlernen ... überraschte ich mich dabei, wie ich um eine Gruppe von Schülern, die lose beieinander standen, einen großen Bogen machte. Von den Schülern schien etwas Bedrohliches auszugehen. Auch hatte ich Angst, die Schüler könnten mir etwas Böses nachrufen, ein Schimpfwort vielleicht, das mich treffen und verunsichern würde. Ich glaubte, sie wollten sich an mir rächen, weil ich sie nicht nur fördern, sondern eben auch fordern wollte. Sie sind stärker als ich, dachte ich, und verfügen über eine Hausmacht unter mir hämisch gesinnten Kollegen, die jederzeit bereit waren, ihre Schützlinge gegen mich zu verteidigen.

Ich erinnere mich, auch privat versetzen dich kleine Zwischenfälle, wie neulich zum Beispiel ein kleiner Auffahrunfall mit Blechschaden, in eine Aufregung, die von einem Zittern am ganzen Körper begleitet ist.

Meine Nerven liegen nicht blank, wie man so sagt ... Ich fürchte: sie sind kaputt. Als ich dich das erste Mal traf, sehnte ich mich schon nach einem stillen Park, nach grünen Rasenflächen, hohen Bäumen, unter denen ich allein spazieren gehen würde und keinem Menschen begegnete.

Birgits Miene wurde ernst. Du sehntest dich als ein Mann in den 40ern in ein Sanatorium fliehen zu können.

Na, das wohl nicht gerade. Ich hatte Angst. War es Angst vor dem unberechenbaren Verhalten wilder, aggressiver Schüler? Nein. Es war die Angst, aufgestaute Spannungen könnten sich in einer Weise lösen, bei der ich nicht mehr Herr über mich selbst sein würde. Die ständige Angst vor plötzlichen Ausbrüchen, die schon durch ein einzelnes, aggressives Wort von Schülerseite in mir ausgelöst, etwas hätten zerstören, meine Autorität für immer untergraben können. Ich litt unter mangelnder Anerkennung von Seiten des Schulleiters, der Eltern, der Schüler. Jeden Morgen betrat ich das Schulgebäude mit einer Mischung aus Schmerz und Groll.

Halt auf. Du tust dir keinen Gefallen, wenn du jetzt wieder dein Inneres umgräbst. Sei lieb, wir wollen genießen.

Birgit kannte Engelfried schon zu gut, als dass sie nicht wusste: wenn er es auch abstritt – er reiste nur, um sich anschließend besser zurückziehen, sich besser in ihrer Wohnung zu Hause verkriechen zu können. Aber sie wollte leben, ihre Reise genießen. Nach kurzer Pause sagte sie: Du sprichst gern über deine alten Leiden, die doch längst der Vergangenheit angehören.

Wenn ich so häufig an sie zurückdenke, dann gehören sie vielleicht gar nicht so sehr der Vergangenheit an, eher der Zukunft.

Birgit überlegte. Wie sollte sie seine Worte verstehen? Doch bevor sie ihn fragen konnte, fragte er seinerseits: Erinnerst du dich an den Lehrer?

Welchen?

Na, der mit seiner Klasse vor München. Ich glaube, die stiegen alle in Augsburg zu.

Ja natürlich. Ich sehe ihn vor mir. Er sagte zu den Schülern: Mit 17 wollte ich LSD rauchen.

Er sprach im Jargon der Jugendlichen, machte sich mit ihnen gemein, sprach immer von ‚Mädchen aufreißen'.

Engelfried: Nach einer Boulevardzeitung, sagte der Lehrer, ist jede Großstadt eine Junkiestadt. Ich muss also auf euch aufpassen. Die heimliche Angst des Lehrers, bei den Jugendlichen als unmodern oder spießig zu gelten. Hier soll nicht geraucht werden. Da unten, bei der hübschen Blondine, da könnt ihr qualmen.

Birgit lachte. Zu einem Schüler sagte er auch: Was hast du da? Ein silbernes Zigarettenetui mit ner geilen Frau drauf?

5

Er schlenderte durch das Ruinenfeld von Ostia Antica. Ein paar Skizzen hatte er anfertigen wollen. Es war nichts daraus geworden. Am Morgen war der Impuls dazu noch mächtig gewesen. Aber jetzt?

Sie hatten sich am Kolosseum getrennt. Birgit freute sich auf einen Bummel durch bekannte Geschäftsstraßen. Engelfried wollte einmal allein sein und hatte sich für Ostia entschieden. Das taten sie in gutem Einvernehmen. Es war fast zum Ritual geworden. In einer guten Beziehung pflegt jeder seine individuellen Interessen. Darin waren sie sich einig.

Er hätte nicht allein bleiben sollen. Obwohl es schon einige Jahre zurücklag, kehrten die Geschehnisse zurück, nisteten in seinem Kopf und quälten. Bis heute hatte er sie nicht verwinden können. Und so verloren sich seine Gedanken wieder einmal in der Vergangenheit.

Er war sich sicher, es war zur Zeit der Studentenrevolte und der diese begleitenden politischen Unruhen, welche schließlich auch die Schülerschaft erfasst hatten. Mit ihnen änderte sich das schulische Klima.

Er blieb stehen, fasste sich an den Kopf. Nein, nicht schon wieder. Warum konnte er nicht ausschließlich an die Reise, ihre Reise denken. Seit einer Woche waren sie nun schon unterwegs. Es ging nicht. Die Gespenster waren stärker, drängten sich in seinem Kopf nach vorn. Engelfried Leiser ergab sich dem Grübeln. War es denn nicht logisch, wenn er damals die Mischung aus einem freundlichen, natürlichen Umgangston und einer notwendigen Strenge für die Zusammenarbeit von Lehrern und Schülern für pädagogisch am fruchtbarsten hielt? Wurde nicht die Atmosphäre von jungen, neuen Lehrern, die mit den Schülern in Kameraderie machten, erheblich gestört? Sie trafen sich mit Schülern außerhalb der Schule und boten diesen das Du an.

Er blieb stehen, merkte plötzlich, dass er die letzten Minuten den Kopf gesenkt gehalten hatte.

Eine Straßenbahn quietschte an ihm vorbei, hätte ihn beinahe erfasst.

Verzweifelt versuchte er, sich an die letzten Tage ihrer Reise zu klammern. Nur nicht zurückdenken an die Zeit, an die alte Zeit als Lehrer.

Die letzten Tage kamen zurück. Sie legten sich vor seine Grübeleien, wirkten wie Balsam auf die nicht heilen wollenden Wunden.

Was zog nicht alles an seinem inneren Auge vorbei. Terrassierte Weingärten Olivenhaine der Kellner der aus Amalfi stammte und bei Mama Gina bediente Canneloni Vernaccia di San Gimignano die Wirtin einer Pension Frau Coppola lässt zur Begrüßung einen Cappuccino servieren von einem durch Schirmpinien beschatteten Weg blicken sie auf die Rennbahn des Domitian Enoteca in Anzio direkt am Meer Verona Stazione Porta Nuova caduti liegen im Schatten der Zypressen auf dem Grabstein eines Lokführers: caduto sul lavoro 1944.

Engelfried verfiel wieder ins Grübeln. Traumatisches drängte nach vorn. Der Schulleiter war den Unruhen nicht gewachsen gewesen. Schwer angeschlagen war er schon aus dem Kriege gekommen.

Er erlag einem Herzinfarkt. Engelfried sah ihn vor sich. Der Mann lag auf der Straße. Sie waren beide auf dem Nachhauseweg und Engelfried war neben ihm gegangen.

Aber gehörte das ungeistige Klima nicht heute schon wieder der Vergangenheit an, und war das durch Lehrer manipulierte pseudo-politische Engagement vieler Schüler von damals nicht inzwischen einem extremen Konsumdenken gewichen?

Was Engelfried die Arbeit schließlich sinnlos erscheinen ließ, war die Tatsache, dass der Lernstoff auf die bequeme Mehrheit der Schüler zugeschnitten worden war. Das stand im Widerspruch zu seiner Idee vom Gymnasium. Das begehrte Ziel aller hieß inzwischen: Abitur. Es war zum Besitzstand der Menge geworden.

Diejenige Schule nun, die es den Schülern bei deren Wunsch, das Abitur zu bestehen, angenehm und leicht machte, gewann an Schülerzahlen gegenüber einer anderen, die noch traditionsbewusst Ansprüche stellte.

Warum regte er sich noch auf? Es war doch Schnee von gestern und vorgestern. Oder vielleicht doch nicht? War es Schnee von gestern, der bis heute liegengeblieben war?

Engelfried ärgerten die Grübeleien. Warum musste er nur immer wieder daran denken? Konnte man das Gewesene sich nicht aus dem Kopf reißen und sich fröhlich der Gegenwart hingeben? Birgit konnte es.

Waren sie nicht vor fast einer Woche in München auf der Wiesn gewesen?

Engelfried versuchte, sich krampfhaft zu erinnern. Sie waren beide lustig gewesen, hatten sich von dem Trubel anstecken lassen: Altbayerischer Schießstand Blaskapelle Müller Portion Spanferkel mit Kraut und Kloß Kirchdorfer Musi frischer Kren Gulasch vom bayerischen Mastochsen Wildmosers Entenbraterei Obatzter aus der eigenen Käserei Bauernsalat frisch vom Acker Wildfleischpflanzerl Kirschtomaten am Strauch gegrillter Buttermaiskolben.

Engelfried liebte die Namen von Speisen, wenn in ihnen eine kräftige Poesie zum Ausdruck kam.

Anja, in enger weißer Hose, sang: Liebeskummer lohnt sich nicht my darling. Für einen langen Augenblick hatte ihn das wohlgeformte Hinterteil der Sängerin entzückt und ihn verlegen gemacht.
Als er mit Birgit schlief, hatte sie leise gesagt: Du denkst doch jetzt nicht an ...
Nein, den hatte ich schon ganz vergessen, hatte er gelogen.

Aufgrund einer verfehlten kurzsichtigen Bildungspolitik ist die Schule in eine Dauerkrise geraten, in der vor allem Lehrer die Last tragen. Wer hatte das gesagt? Er wusste es nicht mehr.

Wurden die Schüler nicht lustloser und aggressiver? Eltern hatten resigniert und erwarteten von den Lehrern, dass sie die in der Familie entstandenen Defizite ihrer Kinder beseitigten. Wie oft hatte er das zu hören bekommen. Wenn der Nährboden nicht zu Hause bereitet wurde, aufgrund sozialer Verhältnisse nicht bereitet werden konnte, wird jede Forderung der Eltern nach besserer Lernmotivation der Kinder zum bloßen Gerede. Diese Antwort hätte er ihnen geben mögen. Er hatte sie für sich behalten. Er war zu feige gewesen. Feige? Er hatte sich später immer wieder Feigheit vorgeworfen. Es war die Angst gewesen, den möglichen persönlichen Angriffen nicht gewachsen zu sein.

6

Während Engelfried grübelte, ging Birgit am späten Vormittag durch Roms Kirchen in der Hoffnung, Orgelmusik hören zu können. Ihr Vater war Organist gewesen. Sie hatte auf einer Hausorgel als Kind üben müssen und war mit Registern und Pfeifen groß geworden, wie sie zu sagen pflegte. Auf Reisen hatte sie manchmal Glück und konnte einem Organisten bei seiner Probe für ein späteres Konzert zuhören.

Es gab Musik, die sie nicht innerlich berührte, weil diese aus einer anderen, tief vergangenen Welt zu kommen schien, in welcher der Glaube die Menschen miteinander verband.

An diesem Tage hatte sie Glück und fand zwei Kirchen, in denen geprobt wurde. In einer der beiden saß sie allein. Es war ein barockes Gotteshaus, das sich, versteckt und von Touristen unbeachtet, in einer Seitenstraße befand.

In eine Ecke verkrochen lauschte sie fröhlichen und beschwingten Klängen, die fast tänzelnd durch das Kircheninnere sprangen. Dann hielten diese für einen Augenblick wie verträumt inne, so als wollten sie sich besinnen. Kurz darauf hüpften sie, von ungebrochener Vitalität und Lebensfreude getragen, wieder hinaus in eine unbeschwerte Welt.

Akkorde perlten durch den Raum, hoben beschwingt vom Boden ab, um alles Erstarrte mit sich zu ziehen.

In einer anderen Kirche vernahm Birgit eine schwer zu deutende Musik. Diese erinnerte an die Dämonie des Bolero von Ravel: sinnlich und von einer heftigen Leidenschaft, die Unheil und Abgrund offenbarte.

7

Sie standen dicht gedrängt in dem kleinen orangefarbenen Bus, der sie von der Via Appia wieder in das Zentrum der Ewigen Stadt zurückbringen sollte.

Das Grabmal der Cecilia Metella und die Kirche Quo vadis Domine lagen hinter ihnen. Sie hatte sich geweigert, in die Katakomben hinabzusteigen. Engelfried sagte später, ein Mönch erzählte, dass sich Leute manchmal dort unten verirren und man Suchtrupps ausschicken muss, um sie aufzufinden. Bei dieser Vorstellung lief ihr ein Schauder über den Rücken.

Birgit wurde nachdenklich. Die Menschen brauchen Legenden, dachte sie. Sie beide hatten keine. Es kamen jetzt die letzten Tage in Rom. Sie sollten heute Abend wieder in das Lokal gehen, das ihnen gestern so gut gefallen hatte. Diese Kellergewölbe, die endlos langen Stufen, die zu diesen hinabführten. Ein Labyrinth. Schade nur, dass so viele Touristenbusse auf dem Platz davor gestanden hatten. Wie gern hätte sie sich eingeredet, diese in einer abgelegenen Gasse von Trastevere befindliche Osteria wäre von ihnen beiden entdeckt worden. Engelfried hatte schon wieder gehen wollen. Diese Masse von Menschen. Reisegruppen überall. Das hier passt nicht zu uns, hatte er ihr aus dem Halbdunkel eines der vielen unterirdischen Gewölbe zugerufen. Auf langen Holzbänken saßen dort Menschen eng beieinander und sangen ‚O sole mio'. Sie hatte für einen Augenblick das Gefühl gehabt, nicht mehr den Ausgang finden zu können. Panik hatte sie erfasst. Ja, lass uns raus hier, ich kann hier nicht bleiben.

O, jetzt kommen die Thermenruinen. Wie heißen sie noch? Ein kleines Restaurant, in dem sie damals ... Und Papa wollte unbedingt in die Oper. Die römische Oper gastierte in den Caracalla-Thermen.

Jetzt ist mir doch der Name wieder eingefallen. Man spielte ‚Die Macht des Schicksals'. Papa war ein Opernfan.

Sie sah zu Engelfried hinüber. Aber zwei Personen hatten sich zwischen sie beide gedrängt. Er war fast verschwunden. Nur seine Hände erkannte sie, die sich fest an die Haltestangen klammerten.

Wie gut, dass sie noch die kleine Treppe entdeckt hatten, die zu einer schmalen Empore führte, von der sie dann unbehelligt vom Lärm und Trubel der Menge auf die sich unter ihnen drängenden Touristenmassen hatten herabblicken können. Es war wie im Theater. Zusammen mit wenigen Einheimischen hatten sie wie aus einer Loge auf die ausgelassene Menge und die Musikanten geschaut. Sie beide, Birgit und ihr Engelfried, waren für Stunden glücklich gewesen, ja, so richtig fröhlich. Sie hatte es den Zügen seines Gesichtes angesehen, dass er eine Zeitlang alles hatte vergessen können. Er schien nur noch selbstvergessen in der Gegenwart zu leben. Alle Schatten der Vergangenheit waren verflogen. Ja, so gut kannte sie ihren Engelfried.

Der Bus näherte sich dem Kolosseum. Birgit lächelte. Es waren drei Männer und eine Frau gewesen. Einer blies Trompete. Und wie laut, wie alles beherrschend. Die Wand hinter ihnen hallte wider. Der Klang war ihr heute noch im Ohr. Aber der Gitarrist setzte sich durch. Was für ein Virtuose. Dieses großartige Solo, das er einmal spielte, begleitet nur von der Frau und ihrer dunklen, quäkenden Altstimme. Sie, Birgit, hätte die ganze Nacht zuhören mögen. Oh, sie hatte den Geiger vergessen. Er hatte sich etwas später zu den beiden anderen gesellt, weil er noch mit dem Einsammeln der Trinkgelder beschäftigt gewesen war. Natürlich, es waren die einfachen, banalen Schlager, die Evergreens, die man schon seit Jahren kannte.

Engelfried war empört. Warum musste sich dieser noch relativ junge Mann, der ihm so unsympathisch war, schon seit geraumer Zeit an ihn drücken. Gewiss, der Bus war voller Menschen und alle standen sie dicht gedrängt. Ekelhaft. Dieser Mann im Anorak, er drängt sich immer auffallender an mich heran. Was will er von mir? Wir werden aussteigen, sofort. Ich will Birgit ein Zeichen geben. Dieser Blick aus feuchten Augen. Ich kann den Mann nicht ansehen. Er muss doch merken, dass ich normal bin, dass die kleine Frau dort hinten zu mir gehört. Ich bin auch nicht südländischen Schlages. Wären wir doch nur, wie Birgit zunächst vorgeschlagen hatte, mit der Taxe gefahren. In Engelfried kroch Wut hoch. Der lässt ja immer noch nicht von mir ab. Dass sich mir ein Schwuler so aufdringlich nähert, das ist mir noch nie passiert. Jetzt tätschelt der Kerl mein Hinterteil. Mir kommt es wenigstens so vor. Warum hält er sich nicht mit beiden Händen fest wie ich? Ich sollte ihm einen Stoß mit dem Ellbogen geben. Das hilft sicher, um ihm zu verstehen zu geben, dass er nicht mein Typ ist, dass ich nicht zu seiner Fakultät gehöre. Seine eine Hand macht sich immer noch an mir zu schaffen. Ich möchte ihm auf die Finger schlagen. Er fummelt und fummelt. Aber wenn ich ihn brüsk zurückweise und dabei verletze ... Was kommt dann? Er mag mich, keine Frage. Aber so spontan. Das kann vorkommen. Dafür kann ich nichts. Wenn ich ihn zurückstoße ... vielleicht reagiert er aggressiv, schlägt mich nieder.

Plötzlich blieb der Bus ruckartig stehen. Die Menschen stießen gegeneinander. Es war kein vorgesehener Halt. Der Fahrer fluchte, öffnete die Tür, erhob sich von seinem Sitz. Auf die Frage eines Mannes murmelte er unverständliche Worte, verschwand hinter dem Bus, kehrte nach kurzer Zeit zurück und lachte beim Einsteigen. Irgend jemand stellte erneut Fragen. Der Fahrer winkte ab: Avanti, avanti! Er bediente den Anlasser, der Motor rülpste, spuckte, blieb still. Dann, nach mehreren Versuchen, heulte der Motor auf und mit einem Ruck, der wieder alle durcheinander schleuderte, setzte sich der Bus in Bewegung.

Engelfried, der die Szene aufmerksam verfolgt hatte, atmete auf. Der plumpe, aufgeschwemmt wirkende junge Mann im weiten grünen Anorak neben ihm war wie vom Erdboden verschwunden.

Doch dann erschrak er. Ein Erschrecken, das einem jähen Erwachen gleichkam. Seine eine Hand hatte den Haltegurt losgelassen und wie zufällig nach seiner Gesäßtasche gegriffen. Die Tasche war leer. Zunächst wollte er es nicht wahrhaben, tastete mechanisch nach der anderen Seite seiner Hose, noch in dem Glauben, die Geldbörse dort untergebracht zu haben. Es war eine törichte Hoffnung. Auch die andere Tasche war leer. Dann schlug es wie ein Blitz in sein Gehirn: Ich bin beraubt worden. Der Mann neben mir war ein Taschendieb. Wo war er? Hastig wendete er sich nach allen Seiten. Doch der Mann schien sich in Luft aufgelöst zu haben.

Mein Geld ist weg! schrie er laut durch den ganzen Bus. Wo ist der Mann? wandte er sich an die Leute, die neben ihm standen. Dann rief er laut über die Köpfe der anderen hinweg: Birgit, ich bin bestohlen worden!

Nach diesem Ruf waren die Augen aller Fahrgäste auf ihn gerichtet. Birgit erschrak, drängte sich an den Menschen vorbei, die zwischen ihnen standen. Oh Gott, wie viel war denn drin? Rubato? fragte ein älterer Herr, der in der Nähe des Fahrers stand. Si, si, rubato! stieß Engelfried hervor. Wo ist der Kerl? Er wollte den alten Herrn fragen, ob er den Räuber gesehen habe, richtete den Finger auf den Mann, deutete auf ihn in seiner Verwirrung im Glauben, der Mann wüsste, wo sich der Räuber jetzt befände. Der alte Herr, der sorgfältig gekleidet war, missverstand seine Geste, hielt vermutlich Engelfrieds ausgestreckten Finger für einen Ausdruck des Verdachts, der sich auf ihn richtete, schüttelte empört mit dem Kopf, deutete seinerseits mit dem Finger auf sich selbst und rief: Io? No, no!

Verzweiflung bemächtigte sich Engelfrieds. Er wusste nicht genau, wieviel Geld sich in der Börse befunden hatte. Er drängte sich zum

Fahrer vor, versuchte, diesen mit dem wenigen Italienisch, das er beherrschte, zum Halten zu bewegen. Der Dieb musste sich doch noch in der Nähe befinden. Er war sicher bei dem unvorhergesehenen Halt unbemerkt hinausgesprungen. Engelfried beschloss, den Bus zu verlassen und den Dieb zu verfolgen.

Der Fahrer reagierte nicht auf sein Gestikulieren, steuerte indessen die nächste Haltestelle an.

Birgit ergriff Engelfrieds Arm, sagte nur: Laß den Unsinn, der Dieb ist längst über alle Berge. Den siehst du nicht wieder. Das ernüchterte. Entmutigt und frustriert senkte der Beraubte den Kopf, gab sein törichtes Vorhaben, das der Wut entsprungen war, auf.

Sie stiegen aus. Engelfried wollte sich beruhigen. Birgit half ihm dabei. Der Verlust konnte nicht so groß sein. In der Geldbörse befand sich sicher nur ein geringer Betrag. Birgit freute sich über eine ältere Dame, die sich bei ihrem Ausstieg erkundigt hatte, ob in dem Geldbeutel auch wichtige Dokumente enthalten gewesen seien. Sie beide konnten verneinen, und die nette Frau schien erleichtert. Sie war Birgit aufgefallen. Ihrem Gesichtsausdruck konnte man entnehmen, dass es ihr als Italienerin peinlich war, dass vor ihren Augen ein Ausländer beraubt wurde.

Um sich abzureagieren, streichelte Engelfried eine Katze, die ihm auf dem Gehweg mit hochgestelltem Schwanz um die Beine strich.

Das Aufregende an diesem Erlebnis ist die Tatsache, dass ich mit dem Dieb ungefähr zehn Minuten auf Tuchfühlung war. Seine raffinierte Arbeit an mir habe ich bis in die Details miterlebt, ohne von seinen bösen Absichten etwas zu ahnen. Engelfried schüttelte sich vor Ekel.
Vergiss es, sagte Birgit, wir wollen uns den Tag nicht verderben lassen. Vielleicht kann sich der Mann jetzt satt essen.

Wie ein Hungerleider sah er mir nicht aus mit seiner schwammigen Figur.

Er ergriff Birgits Arm. Festgenommen und mit Handschellen gefesselt: ein Wunschbild, sagte er, von dem man nur träumen kann. Als sie beide die Treppen zum Kapitol emporstiegen, meinte Engelfried: Sein Gesicht hatte einen verschlagenen und zugleich ängstlichen Ausdruck.

Stell dir doch einfach vor, dass du jetzt dein Geld mit einem Armen geteilt hast. Wer sich nicht an sein Geld klammert, kommt über den Verlust schneller hinweg.

Ich empfand Ekel vor dieser schmierigen hinterhältigen Art. Er täuschte das Verhalten eines Schwulen vor und versuchte, mich auf diese Weise von seinem wahren Vorhaben abzulenken. Einem solchen Typ kann ich mein Geld nicht gönnen.

Birgit lachte. Du wirst das bisschen Geld verschmerzen. Trinken wir einen Grappa auf diesen Schock.

Seine Wut war in Ärger übergegangen. Hätten sie mit dem geraubten Geld nicht noch zu Abend essen können? Er gab vor, über den Vorfall lachen zu können.

In mir schäumte es. Zugleich schämte ich mich der Wut und dieses Mangels an Souveränität.

Birgit gab sich heiter und umgänglich. Genauigkeit, ja Kleinlichkeit in Gelddingen war ihr ein Gräuel. Sie war großzügig und gab gern, schenkte oft, um Freude zu machen.

Sie betraten ein Lokal. Ein struppiger Hund beschnupperte Engelfrieds Schuhe. Birgit kraulte ihm den Kopf.

8

Die Enge meines Elternhauses hat mich geprägt. Die Angst beider Elternteile vor dem Versagenkönnen ihrer Kinder. Der Minderwertigkeitskomplex meines Vaters, die übertriebene Fürsorge meiner Mutter.

Was bleibt? Nur eine geregelte Lebensform. Die neue Droge kann nur Arbeit heißen. Der Genussmensch darf keinen Stellenwert mehr haben.
Birgit schüttelte den Kopf. Wie oft habe ich das schon gehört. Pläne, Pläne. Ich meine, dass der Genuss zum Leben gehört. Ich hasse ein freudloses, puritanisches Dasein. Ein geregeltes, streng diszipliniertes, fast mönchisches Dasein. Wie oft hast du dir das schon vorgestellt!
Du kennst meine Neigung zu Wohlleben und Genuss. Meine Genusssucht oder Lebensgier hat kein Glück, keine Zufriedenheit gebracht. Der neue Mensch muss geschaffen werden.
Halt auf, du langweilst mich. Der neue Mensch muss geschaffen werden. Wie oft hast du das schon zu mir gesagt. Ich liebe dich so, wie du bist. Ich will keinen neuen Menschen.
Ein Ideal von sich, ein Ich-Ideal, das braucht doch jeder Mensch. Nach diesem formuliert man Programme, bildet seine Vorsätze, welche in die Realität umgesetzt werden sollen. Natürlich kann das scheitern. Ein Lebensprogramm muss sich nach dem orientieren, was man bei sich an realen Möglichkeiten vorfindet. Na gut, das habe ich versäumt, darin gebe ich dir recht. Das Ich-Ideal ist ein Wunschtraum, eine Vision, die meistens viel zu hoch angesetzt wird. Es entsteht manchmal eine Kluft zwischen dem Ideal und seiner Realisierbarkeit, die einen Frust auslösen kann.

Sie hatten die Vorstädte Roms hinter sich gelassen, der Zug erreichte jetzt das offene Land. Sie waren auf der Fahrt nach Orvieto.

Birgit sagte: Hinter uns wächst eine Jugend heran, die lebt und lacht, liebt und trauert wie einst wir, aber eine völlig andere Mentalität besitzt und nichts mehr von der unsrigen wissen will. So ist das nun mal.

Einsam war ich immer, seufzte Engelfried. Ich wollte nur nicht auch noch allein sein. Alleinsein würde die im Innern erfahrene Einsamkeit unerträglich machen. Zweisamkeit mindert den Schmerz und verhindert die äußere Einsamkeit.

Mein erstes Auto. Fasten wollte ich auch, abnehmen, um mich den jungen Mädchen präsentieren zu können. Ja, und dann kam die Katastrophe: eine noch nie dagewesene, unerklärliche Schlaflosigkeit, die mich folterte, nächtelang wach liegen ließ. Das neue Auto war da, ich hatte abgenommen. Aber die Schlaflosigkeit brachte mich zum Verzweifeln. Eine Tablette hat mir später geholfen, die Angst vor der Nacht zu besiegen – die Angst, hilflos, schlaflos bis zum Morgengrauen sich im Bett von einer Seite zur anderen wälzen und kaputt, zerschlagen in die Schule fahren zu müssen. Was erwartete mich dort – mich, einen überreizten Menschen, der tagelang, nächtelang kein Auge zugetan hatte?

Birgit unterbrach. Keine ‚schäumende Vitalität mehr, die im Frühling überschwänglich zu jubeln anfängt', so drücktest du dich oft poetisch aus.

Der Arzt verschrieb mir Tabletten, die mich retteten. In unserer Familie kannte man kaum Tabletten. Und heute? Heute liebe ich das Fernsehen. Es hilft, den Abend schneller kommen zu lassen, die Nacht, in welcher man in die bergende Dunkelheit fliehen kann. Ist das nicht paradox?

Es ändert sich im Leben alles. Wenn ich früher als junges Mädchen von Unfällen las, waren es immer die anderen. Man selbst schien außer Gefahr zu sein. Heute, älter geworden, erschrickt man bei dunklen Nachrichten, bezieht die Möglichkeit auch auf sich.

9

Anzio. Am Meer. Ein heißer Tag. Kinder afrikanischer Herkunft mit Aufseherin am Strand. Wellen brechen sich. Familien hocken verstreut um Tische. Viele sonnen sich.
Birgit und Engelfried finden nach langem Suchen einen Platz. Sie lassen sich in der Nähe einer Großfamilie nieder. Kinder tollen, werfen sich gegenseitig in den Sand. Sie beide breiten ihre Handtücher aus und werfen einen kurzen Blick aufs Meer. Die Brandung kommt. Dann liegen sie auf dem Bauch und reiben sich gegenseitig mit Öl ein.
Birgit spricht von ihrer Liebe zu ihm. Manchmal habe ich Angst um dich, sagt sie, Angst, dich zu verlieren.
Um sie herum die Stimmen junger Männer. Wellen, die sich in regelmäßigen Abständen brechen. Die Sonne verschwindet langsam. Ein grauer, langweiliger Nachmittagshimmel legt sich über Meer, Strand und die niedrige Dünenkette hinter ihnen.

Engelfried zieht es ins Wasser. Ich will noch ein wenig schwimmen. Er erhebt sich, geht in Richtung Meer.
Kinder stehen knöcheltief im Wasser und kreischen aufgeregt. Birgit lehnt sich auf die Ellenbogen, sieht dem Treiben zu. Sie beobachtet, wie Engelfried über den aufgepflügten Sand gemächlich zum Wasser trabt. Ein Ball landet neben ihr.

Engelfried schwimmt bereits im Meer. Sein Kopf ist kaum hinter den kleinen Kindergestalten zu erkennen. Jetzt stößt er den Kopf aus dem Wasser, winkt ihr zu.
Sie hebt den Arm, winkt zurück, gibt ihm energische Zeichen, nicht weiter hinauszuschwimmen.

Plötzlich kann sie seinen Kopf nicht mehr sehen. Er scheint von der Oberfläche des Meeres wie verschluckt. Jetzt taucht sein Kopf wieder auf – für einen kurzen Augenblick, um dann vor ihren Augen wieder hinter einer Welle zu versinken.

Es lässt sich nicht erkennen, ob die Wellen über ihm zusammengeschlagen waren oder er nur hinter ihnen verborgen war.

Panik erfasst sie. Wo ist er? Sie springt auf, rennt zum Wasser, zittert am ganzen Körper. Engelfried! ruft sie und schluchzt.

So sehr sie auch die Augen über die Meeresoberfläche schweifen lässt, Engelfried ist nirgends zu sehen. In ihrer Not spricht sie einen Mann an, der mit einem Kind an der Hand am Ufer spazieren geht. ‚Mio marito' ruft sie aufgeregt und weist mit ausgestrecktem Finger aufs Meer hinaus. Sie will einige Worte Italienisch sagen, aber sie bringt nichts hervor. Der Mann sieht ihr erschrocken und zugleich interessiert ins Gesicht.
Die Wellen draußen auf dem Meer scheinen immer größer zu werden, türmen sich vor ihren Augen auf. Sie weint, kann Engelfried nicht helfen. Das Geschrei der Kinder steigert ihre Angst.

Birgit, hört sie eine Stimme: es war seine Stimme. Er nimmt sie in die Arme, geleitet sie zärtlich zu ihren Handtüchern zurück. Birgit vergräbt ihr Gesicht in den Händen, wird von einem Weinkrampf geschüttelt.
Dieses böse, tückische, teuflische, grausame Meer, das einen Menschen so entsetzlich einsam machen kann. Da war es wieder. Sie hatte es vergessen. Und nun ist alles wieder da. Sie kann sich nicht beruhigen, obwohl Engelfried ihren Nacken küsst, seine Hände zur Beruhigung fest an ihren Kopf gepresst hält.

Für sie waren alle Schrecknisse wieder da. Sie kamen aus der Vergangenheit, drängten in ihren Kopf. Bilder, vor deren Wiederkehr sie sich immer so gefürchtet hatte.

Dieses Meer, das sie früher geliebt und das sie gelockt hatte. Vor 20 Jahren in Spanien, ein junges Mädchen war sie und eine gute Schwimmerin. Ein Rausch hatte sie erfasst. Dieses herrliche Element, das einem ein erhabenes Gefühl von Freiheit zu geben schien. Weiter, immer weiter. Hinter ihr das Ufer, schon 200 Meter entfernt. Und vor einem diese unendliche Weite, die den Körper verführerisch aufnahm, ja glücklich machte: das Glücksgefühl, ein Teil des Elements zu werden.

Das Trauma von damals kehrte zurück. Sie war wieder in dem Meer vor Spaniens Küste. Sie sah zurück. Das Ufer bildete nur noch eine schmale Linie weit hinter ihr. Eine leise Furcht kam in ihr auf. Diese Einsamkeit. Sie musste pausieren, um Atem zu schöpfen, legte sich einige Sekunden auf den Rücken, bevor sie zurückschwimmen wollte. Aber so sehr sie auch in Richtung des Ufers loszuschwimmen versuchte, sie trieb weiter hinaus. Trotz ihrer Anstrengung – sie wechselte vom Brust- zum Seitenschwimmen ab – bekam sie das Gefühl, immer weiter ins offene Meer getrieben zu werden. Dieses Panikgefühl, das dann blitzschnell an die Stelle des befreienden Glücksgefühls getreten war. Sie hatte später davon erzählt. Immer wieder hatte sie versucht, ans rettende Ufer zurückzukehren. Mit jedem Schwimmzug, der sie einen Meter dem Ziel näher brachte, war sie im nächsten Augenblick schon wieder um zwei Meter hinausgetragen worden. Die Wellen schienen immer mächtiger zu werden. Es gelang nicht mehr, das Gesicht aus dem Wasser zu halten, so schnell stürzten diese auf sie zu. Dann, beim nächsten Kampf, bekam sie eine Welle voll ins Gesicht und musste viel Wasser schlucken. Sie rang nach Luft. Während sie sich erholen musste, trieb sie weiter hinaus. Ein letztes Mal hatte sie zu schwimmen versucht. Sie kam nicht zurück. Hin und wieder stieß sie ein schwaches ‚Hilfe' aus. Jeder Ruf, den sie ausstieß, wurde vom Wasser in Gleichgültigkeit verschluckt. Das Meer versenkte die Worte, die ihrer Verzweiflung entsprungen waren und keine Hilfe mehr bringen konnten. Bei jedem Öffnen des Mundes schluckte sie erneut Wasser.
Irgendwann musste sie kapituliert haben. Eine traurige Gleichgültigkeit war über sie gekommen und der Gedanke: jetzt ist dein Leben

zu Ende. Eine mit Süße einhergehende Ohnmacht, erinnerte sie später. Es war ein Kanal, und in diesem Kanal kamen ihr Menschen entgegen: die Eltern, die Geschwister. Ihr schien, als ob sie alle milde lächelten.

Sie wusste nicht, wer sie gerettet hatte und wie es geschehen war. Es wurde ihr im Krankenhaus später erzählt. Ein Mann soll es gewesen sein, der ihren Todeskampf zufällig mit einem Fernrohr beobachtet hatte. Von einem Hubschrauber war auch die Rede gewesen. Sie wollte an nichts erinnert werden. Und auch gegenüber Engelfried hatte sie stets nur Andeutungen gemacht, wenn er sie fragte, warum sie nie schwimmen gehe und keinen Fahrstuhl besteige.

Ich steige aus, hatte sie ihm einmal zugerufen, als der U-Bahn-Zug an einer unterirdischen Station hielt. Aber warum, hatte er noch gerade fragen können. Der Zug war schon angefahren. Nur ihr verstörtes und ängstliches Gesicht hatte er noch durch die Scheibe des Wagens wahrnehmen können.

Eine Minute später war der Zug im Tunnelschacht aus unbekanntem Grund 15 Minuten lang stehen geblieben. Später, in guten Augenblicken, hatte er sie spöttisch „seine kleine Hexe" genannt, weil sie die Zukunft voraussehen könne. Aber sie hatte lächelnd abgewunken. Gott sei Dank habe ich keine Begabung in der Hinsicht. Es war nur eine Ahnung gewesen, über die ich mich selbst gewundert habe.

10

Ein Mann versucht, den Außenbordmotor anzuwerfen. Das Gebell des Motors unterbricht für einen Augenblick die Schläfrigkeit des späten Mittags. Der Lärm des Motors geht in ein gleichmäßiges Knattern über. Das Boot jagt mit hüpfendem Bug über den See davon.

Es war nicht mehr das große Begehren, nicht die Zeit, da sie sich am Morgen unter der Dusche weiter liebten, nachdem sie vor Erschöpfung im Bett eingeschlafen waren. Die Lust aufeinander war in eine stille Vertrautheit übergegangen. Sie begehrten einander immer noch, aber ihr Liebesakt war jetzt Ausdruck einer innigen Vertrautheit, die frei von Routine war. Es war das Gefühl, füreinander da zu sein. Es hatte die Phase leidenschaftlichen Begehrens abgelöst. Er sah in ihr den Menschen, der zu ihm gehörte und die Einsamkeit des Daseins aufhob.

Engelfried saß auf dem Balkon, träumte vor sich hin. Auf dem Ponton unter ihm bedienten zwei Kellner, servierten den Hotelgästen Campari Soda.

Diese Stille. Der See glänzt in der Sonne. Ich verstehe den Augenblick nicht zu genießen. Ich kann mich ihm nicht mehr hingeben. Ich muss schreiben oder malen. Das hindert mich an der Hingabe. Diese Entdeckung, die ich während des Schreibens oder Malens mache, veranlasst mich nun nicht, das Schreiben oder jede kreative Arbeit ruhen zu lassen. Nein, ich schreibe, dass ich mich selbstvergessen dem Augenblick hingeben möchte. Und indem ich das niederschreibe, spüre ich, dass mir das nicht gelingen kann. Warum nicht? Was hindert mich? Die Tatsache, dass ich in der Hingabe ohne Reflexion keinen Sinn zu erkennen vermag.

Ich muss den Romantiker in mir bekämpfen, der glaubt, er könne noch nachts bei Vollmond durch den Tiber schwimmen. Was ersehnt eine romantische Seele? Sie sehnt sich nach dem Einswerden, hat Heimweh nach dem Sein, mit dem sie verschmelzen möchte.

Wie oft ging ich bei kaltem Licht des Vollmondes auf der Terrasse hin und her. Alles, was den Alltag beschwerte, löste sich auf, schien vergessen. Diese Stille in Mondscheinnächten, unterbrochen nur von einem Zug, der für kurze Zeit unter mir zwischen zwei Tunneln auftauchte. Der dunkle Maronenwald hinter dem See, die fernen Lichter. Wo war das? Auf welcher Reise?

Der lange Jan geht in Rente. Er wird 65. Warum denke ich jetzt an ihn? Birgit hatte ihn wiedererkannt. Sie war mit ihren Eltern als Kind hier gewesen. Die Kellnerin sagte: Er war über 30 Jahre hier, bekommt ein kleines Abschiedsgeschenk. Ein angenehmer Kollege.

Unter mir die beiden Wein trinkenden alten Frauen. Gerötete Gesichter, Zigaretten rauchend. Die eine mit dem bitteren Mund trinkt ihren vierten Roten. Ich habe mitgezählt.

Der Polizist im Zug Die Pistole in der Ledertasche zwischen den Beinen Eine Art Phallussymbol Rannte durch den Zug Ihre Ausweise Der Staat gehört ihm Jung kräftig rundes Gesicht starker Nacken graublaue Uniform Woher kommen Sie Wohin wollen Sie. Birgit hatte ihren Personalausweis gefaltet: Darauf ein Vortrag dass der kaputtgehen könne. Wir waren die einzigen Fahrgäste Haben Sie was zu verzollen Wir fühlten uns geduldet Es gibt schrecklich wichtigtuerische Menschen Sie machen mir Angst.

Und dann kam eine Frau, mit der er sich unterhielt. Er lachte herrisch, entblößte starke, weiße Zähne und fuchtelte mit den Armen. Wo war das genau? Es muss auf einer Fahrt von Bellinzona nach Luino gewesen sein.

Am Abend. Das Klatschen des Wassers gegen den Ponton. Ein matter

Mondschein. Die Lichterkette am anderen Ufer. Irgendwo unter mir hört man jemanden auf einer Klarinette spielen. Die alte Kellnerin, die uns heute Abend bediente, lässt eine harte, künstliche Lache erschallen, klopft dabei dem Gast auf die Schulter. Es klingt wie das kurze Gekläff eines Hundes.

Schöner See, schöner Mondschein. Wie langweilig. Es gibt nichts Schönes. Die Welt hat einen tiefen Riss. Dummköpfe liegen am Strand und sonnen sich. Bald kommt die Zeit der Nachtschwalben, die auf meinen Balkon zustürzen, um sofort wieder abzudrehen. Und die Zeit der Fischerboote, die sich wie wandernde Glühwürmchen auf dem See bewegen.

Der Mond liegt wie eine silberne Decke auf dem See. Warum muss der Mann nebenan seinen Fernseher so laut laufen lassen?

Das sich selbst genügende Geschwätz. Der Politiker gestern Abend. Er redete und redete aus Angst, mit Fragen konfrontiert zu werden, die ihn bloß stellen, verärgern, wenn nicht gar beleidigen könnten. So bekam seine Rhetorik etwas von dem Gehetztsein eines Flüchtigen. Was aßen wir eigentlich heute Abend? Ah, petti di pollo con funghi und Cannelloni.
Grässlich, der Name des Hotels in einer Leuchtschrift mit wandernden Buchstaben. Er spiegelt sich im See.

Unter mir aus der Hotelbar hört man die rauchige Stimme einer Sängerin. Jemand spielt auf einem Klavier. Er begleitet Bass und Klarinette. Die Klänge hallen verloren über die Seepromenade. Man hört vereinzeltes Klatschen der Gäste.

Engelfried hatte sich eine zweite Flasche Sauvignon bringen lassen.
Ich muss Nein sagen aus Prinzip, um mich zu behaupten. Wenn ich Ja sage, gebe ich mich auf. Ich bin dann in Gefahr, mein Selbstwert-

gefühl zu verlieren. Ich kann mich nur im Nein-sagen behaupten. Die Versuchung, sich zu beteiligen, mitzuwirken, kann gar nicht aufkommen, weil ich mein Nein, mein radikales Nein zu dieser Welt sage. Ich will den banalen Jasagern, die nur sich meinen, nicht zum Opfer fallen. Der Privilegierte, mit Orden behaftet, zieht gerne andere zur Mitarbeit heran. Er lockt, versucht zu überreden. Man muss positiv denken, sagt er. Ich falle nicht auf ihn herein.

War Birgit nicht das Glück seines Lebens? Ein Mann, der eine Frau liebt, aber von dieser nicht wiedergeliebt wird, ist „dumm dran", wie Heinrich Heine sagt. Birgit liebt mich.

Ich fühle mich gekränkt, wenn das Bild, dass sich andere von mir machen, nicht mit dem übereinstimmt, das ich selbst von mir habe. Warum eigentlich? Sie haben sich von mir ein festes Bild gemacht, das sie nicht mehr zu korrigieren beabsichtigen. Dem widersetze ich mich, indem ich sie beiseite schiebe, hinter mir lasse.

Der Wein geht zur Neige. Ich bin müde, verbraucht. Es ist spät, ich will schlafen. Die jungen Leute unten auf der Promenade lachen, scheuen den Schlaf, schlagen sich die Nacht um die Ohren. Aber du willst Ruhe, Ruhe. Du spürst plötzlich: du gehörst dieser Generation nicht mehr an. Du hast der Vitalität der Jugend nichts mehr entgegen zu setzen.

11

Das einzige, woran Engelfried glaubte, war seine Berufung zum Kunstmaler. Immer schon hatte er sich der Malerei widmen wollen. Die Frühpensionierung nahm er zum Anlass, um endlich seiner heimlichen Leidenschaft nachkommen zu können. Der Bruder seiner Frau war Kunsthändler. Ein Mann, der Engelfrieds Bilder bewunderte, ihn beriet und ständig zur Arbeit ermunterte.

Ein halbes Jahr, nachdem er als Lehrer die Schule verlassen hatte, entdeckte er einen Eifer in sich, den er so noch nie bisher bei sich wahrgenommen hatte. Birgits Gehalt reichte nicht, um große Sprünge machen zu können. Da er nicht lange Zeit im Schuldienst tätig gewesen war, konnte die monatliche Zuwendung durch den Staat für den Frühpensionär Engelfried nur gering sein.

Drei Jahre nach ihrem Kennenlernen hatten sie im kleinen Kreis geheiratet. Sie bezogen ein Drei-Zimmer-Appartement im vierten Stock eines modernen Mietshauses in einem ruhigen Stadtteil. Die Fenster der Küche gingen auf einen Innenhof, der das Aussehen eines kleines Parks besaß. Vor dem Haus befand sich eine Straße mit Lindenbäumen, im Parterre einige Läden: ein Friseur, ein Änderungsschneider und eine Bäckerei.

Ein Teil der Küche diente Engelfried als Atelier, während Birgit ein Zimmer für sich beanspruchte, um sich auf den Unterricht vorzubereiten und Hefte der Schüler korrigieren zu können. Engelfried sagte zu Fremden: Mein Atelier ist ein stilles, zum Nachdenken wie geschaffenes Zimmer am Ende eines Korridors.

Vor ihrer Heirat hatte Birgit einem Ehevertrag zugestimmt, den Engelfried aufgesetzt hatte.
Erstens: die Ehe sollte kinderlos bleiben.
Zweitens: keiner sollte aus beruflichen Gründen länger als zwei Tage allein von zu Hause fernbleiben.
Drittens: um aufeinander fixiert sein zu können, sollte ein geselliges Leben sehr reduziert werden.
Viertens: der Sinn der Ehe sollte die jeweilige individuelle Entfaltung des anderen sein.

Engelfried besaß einen ausgeprägten Hang zur Trägheit. Muße zum Träumen ist wichtig im Leben, pflegte er zu sagen. Wartest du wieder auf eine Erleuchtung? spottete Birgit.

Ach, stöhnte er, die Bedingungen unserer modernen technisierten Welt erschweren die schöpferische Arbeit. Dauernd geht bei uns das Telefon. Ich sehne mich nach der Stille, dem Einfachen.

Wenn das Telefon schrillte, zuckte er zusammen. Angst kroch in ihm hoch. Sie rührte noch aus seiner Zeit als Lehrer, da jeder Anruf ein traumatisches Erlebnis in ihm schmerzhaft ins Bewusstsein gerufen hatte. Vermutlich war es ein Schüler gewesen, der ihn zu terrorisieren versuchte, indem er mit verstellter Stimme jedes Mal die gleiche Morddrohung aussprach. Der Anrufer war nie ermittelt worden. Die Polizei vermutete, dass es sich um einen Schüler handelte, der aufgrund der schlechten Note, die ihm Engelfried gegeben hatte, nicht versetzt worden war und nun auf diese Weise Rache an seinem Lehrer nehmen wollte.

Engelfried hatte in der Zeit, da er lustlos und apathisch ohne Arbeit die Zeit damit verbrachte, im Sessel vor sich hinzubrüten, jedes Mal, wenn es schrillte, das Radio lauter stellen müssen. Die Musik, die er schätzte, blieb im Kampf mit dem Läuten des Telefons Sieger, indem sie mit Melodien das Klingeln des Apparates übertönte.

Der Schwager wollte ihn fördern. Ich werde bald eine Ausstellung deiner Bilder arrangieren. Das sollte den Ehrgeiz beflügeln, denn Engelfried hatte bis zu dieser Ankündigung nur wenig gemalt. Er sehnte sich jedoch nach Anerkennung, fürchtete aber zugleich, dass er nur noch immer einsamer werde, wenn ihm Lob zuteil würde.

Birgit war ständig um ihn bemüht. Sie ist ein Engel, dachte er immer, wenn er sie sah. Die häuslichen Arbeiten: unter ihren geschickten Händen erledigten sich die Dinge von selbst. Dieser Engel ersparte ihm das Einkaufen von Schuhen, Kleidern, Wäsche. Er hatte kein Interesse für derartige Dinge, überließ ihr, für ihn zu kaufen, was sie für richtig hielt. Alles erledigte sie, was für einen schöpferischen Mann den Alltag so lästig macht: sie organisierte die Reisen, saß stundenlang über Prospekten, verglich die Angebote und traf die Vorbestellung der Hotels. Formulare, Rechnungen und Versicherungen – alles lief durch ihre Hände. Manchmal blickte sie zu ihm hin, fragte kurz: Mit Halbpension oder nur Garni? Seine Antwort: Nur. Willst du mit Swimmingpool oder ohne? Ohne.

Deine Tabletten, fragte sie, hast du sie genommen?
Ihm gefielen kleine Frauen wie Birgit. Sie seien saftiger als die groß gewachsenen, sagte er scherzhaft. Frauen mit kindlichem Gesicht und kleinem rundlichen Körper.

Sie überredete ihn, zusammen mit ihr die Möbel auszusuchen. Birgit liebte helle Vorhänge, Engelfried konnten sie nicht dunkel genug sein.
Oft sah er hinaus auf den Garten, in dessen Mitte eine mächtige Rotbuche stand. Sollte es keinen Gott geben, der straft oder milde lächelt? Nicht einmal einen Stellvertreter? Sterben, ohne zur Rechenschaft gezogen zu werden? Ein furchtbarer Gedanke. Ist es nicht besser, einen strengen Vater zu haben als gar keinen? Kann nicht auch der strengste Vater einen Rest von Liebe für sein Kind empfinden? Kann seine unerbittliche Strenge nicht gerade Ausdruck seiner Liebe sein?

Es gab Tage, an denen er intensiv arbeitete, aber, mit sich und seinem Werk unzufrieden, am Abend wieder vernichtete, was er morgens an Pinselstrichen auf die Leinwand gebracht hatte. Er konnte stundenlang vor seiner Staffelei hocken, ohne auch nur einen Pinsel in die Hand genommen zu haben.

Abends, wenn sie, wie sie es nannte, ihre „Schulaufgaben" gemacht hatte, sahen sie zusammen die Tagesschau, zuckten zusammen, wenn sie hörten, dass wieder ein Selbstmordattentäter Unschuldige mit sich in den Tod gerissen hatte, sagten im gleichen Atemzug: schrecklich. Es war die Stunde des Rotweins.

Er hatte sich bereit erklärt, ihr ein wenig bei der Alltagsarbeit zu helfen: den Müll wegzutragen und die Getränke zu besorgen. Sie kaufte die Blumen, die er ihr am Monatsende zu schenken gedachte, während er sich mit der Ausrede beruhigte, sie sei der größere Blumenfreund, habe in dieser Hinsicht natürlich auch den besseren Geschmack.

Er machte sich nichts aus Blumen – wenigstens brauchte er sie nicht in einer Mietwohnung, liebte sie, wie er betonte, umso mehr in der freien Natur. Im Sommer pflückte er manchmal einen Strauß Kornblumen, den er ihr von irgendeinem Ausflug mitbrachte.

Er las viel und oft bis spät in die Nacht. Sie wurde früher müde und richtete, bevor sie sich zum Schlafen hinlegte, das Bett, in das er spät nach Mitternacht nur noch hineinzuschlüpfen brauchte.

Mit der Zeit brachte er immer weniger Pinselstriche zustande. Was Birgit entsetzte, war die Tatsache, dass er häufiger ein kaum skizziertes Bild, das er am Morgen entworfen hatte, schon am Abend wieder vernichtete.
Er ließ Karten drucken: Engelfried Leiser, Maler und Graphiker.
Ich brauche einen anderen Arbeitsplatz. Hier am Ende der Küche wird dem Bild, das ich plane, nicht das günstige Licht zuteil, das ich als Maler brauche.
Er zog in eine kleine, enge Kammer, die sich hinter der Küche befand. In ihr versuchte er zu arbeiten.

Du bist doch auch ein begabter Lyriker. Willst du es nicht einmal wieder mit Gedichten versuchen?
Er wehrte ab. Ich möchte immer nur malen.

Die wenigen Bilder, die er im Laufe der Jahre zustande gebracht hatte, verteilte Birgit auf die Zimmer ihrer Wohnung und verehrte sie, bewahrte sie wie einen Schatz. Sie setzte sich gegen die beiden Männer, ihren Mann und ihren Bruder, durch, wenn es darum ging, eine Ausstellung zu verhindern. Sie wachte über die wenigen Bilder wie über eigene Kinder und kämpfte hartnäckig gegen jeden Gedanken der beiden, das eine oder andere der Bilder zum Verkauf anzubieten.

Manchmal zog er mit dem Skizzenblock durch die Stadt. Die einzige Ausbeute waren ein paar Details von alten Häuserfassaden.

Auf den Rat seines Schwagers versuchte er es mit Collagen. Es machte ihm Freude. Waren Collagen nicht die eigentlichen, ja einzigen Dokumente, die das Wesen der neuen Zeit zum Ausdruck brachten?

Lustige Collagen sind gefragt, sagte der Schwager. Alles sehr bunt, witzig und unbeschwert.
Aber damit schien Engelfried überfordert. Dann kann ich ja gleich Comics zeichnen, wehrte er sich.

Sein eigentliches Talent bewies sich im Zeichnen. Er entwarf eine apokalyptische Zeichnung, umgab sie mit Stoffresten. Eine alte, in die Mitte montierte Fahrradpumpe erhielt eine völlig neue Funktion.

Nach der Schöpfung mehrerer „ernster" Collagen organisierte der Schwager jetzt mit der Zustimmung Birgits endlich eine kleine Ausstellung. Engelfried bekam nur abfällige Kritiken.

Ich bin mit mir noch nicht ins reine gekommen, grübelte er. Das, was ich für eine Berufung hielt, hat mich in die Irre geführt. Es war der Ruf einer lockenden Sirene, die mich zu zerstören trachtete. Ich fürchte, ich habe mir die Begabung nur eingeredet. Ich wollte berufen sein, war es aber nicht. Das ist die schlichte, aber bittere Wahrheit. Ich bin träge, weil ich nicht mehr an den Sinn meiner Begabung glauben kann. Selbst wenn ich die Begabung eines Picasso hätte, aber ich habe sie nun einmal nicht.

Als ich noch gesund war, dachte Engelfried, war ich bei meiner Tätigkeit als Lehrer nicht innerlich beteiligt. Aber ich hatte in meinem Beruf wenigstens eine Beziehung zu meinen Mitmenschen. Und war er nicht immer ein guter Lehrer gewesen? Früher diente seine Arbeit den anderen. Und jetzt? Keiner nahm Anteil. Keinem seiner Mitmenschen half sein Malen. Keiner nahm auch Notiz von ihm. Hatte er sich nicht selbst zum Gefangenen gemacht?

Das Gefühl, endlich mit sich und seiner Aufgabe identisch zu sein, bedeutete nicht, dass man zugleich auch glücklich war. Früher hatte er so gedacht. Schmerzt es nicht viel mehr, mit sich identisch sein zu müssen? Aber war er denn mit sich identisch? Ich wäre doch wohl lieber ein anderer, seufzte er.

Ich bewundere an meinem Großvater, dass er sein Malen über sein Leben gestellt hat, sagte Engelfried einmal zu Birgit.
Aber sein Ende ist doch tragisch. Du weißt: er hat sich das Leben genommen. Er hat das Malen zu ernst genommen.
Ich weiß. Es tut weh, wenn du mich daran erinnerst.
Ich möchte dich doch nur vor einer zu großen Obsession bewahren.
Er war ein großer Maler in meinen Augen. Wenn ich nur an seine Landschaftsaquarelle denke. Arbeiten von leuchtender Farbigkeit. Es sind großformatige Arbeiten in klassischer Aquarelltechnik.
Dass er zu wenig Anerkennung fand, hat er nicht verwinden können, sagte Birgit leise. Und dann dieser böse Kritiker nach einer Ausstellung.
Nehmen wir einmal an, sein Leben sei verfehlt gewesen.
Das habe ich nicht gesagt.
Nein, aber du denkst es vielleicht. Ich bewundere dieses Leben mit all seiner Qual. Ja. Ich beneide ihn sogar um sein furchtbares Ende. Ich möchte kein Hobbymaler sein, kein Dilettant. Ich wollte immer ein Maler mit Obsessionen sein. Der wahre Künstler will nicht den Erfolg, sondern nur sich ausdrücken. Wie mein Großvater, der

nachts aufstand, um einen Einfall auf die Leinwand zu bringen, der sich in seiner schöpferischen Arbeit verzehrte, sich von den das Innere quälenden Gesichten nur durch Produktion befreien konnte. Ein Leben voll von inneren Krisen, die er malend überwand. Ja, das schwebte mir vor. Mein Zeichentalent allein reicht wohl nicht aus, um ein großer Maler zu werden. Und wer nur mit Lust und Freude malt, ist bestimmt kein wahrer Künstler, nur ein Hobbyist. Wahrscheinlich bin ich das.

Eines Tages rief Engelfried: Ich spüre eine Doppelbegabung in mir. Vielleicht liegt mir das Schreiben sogar mehr. Habe ich nicht immer schon eine Lust zum Parodieren, zum Verspotten gehabt? Die Parodie ist das einzige, was dem Künstler in unserer Zeit noch bleibt.
Wie konnten deine Eltern dich nur Engelfried nennen? Ich nenne dich Friedmann, sagte Birgit.
Nein, nein, das will ich nicht.
Ich will ein neues Leben beginnen, sagte er immer wieder zu sich. Aber wie sollte das aussehen? Er irrte in den Straßen umher, wenn der Abend sich senkte. Die nächtlichen Ausschweifungen mit dem exzessiven Kneipenbummel halfen nicht. Ich bin in die Irre gegangen, ich gehe immer in die Irre.

Die Kollegen, ich will sie strafen. Aber wie? Als ich krank, unheilbar nervlich krank war, haben sie kein Interesse für meinen Zustand bekundet. Ich hatte nie Freunde. Sie waren nur Gefährten auf einem Weg, den wir zufällig gemeinsam gingen. Sie liefen neben mir, ohne mich zu bemerken. Aber ich bin müde, habe keine Lust mehr, an die Zeit zurückzudenken. Es gibt mir eine gewisse Genugtuung, dass viele von ihnen jeden Tag freudlos ihrer Arbeit nachgehen.
Eine Art Niedergeschlagenheit bemächtigte sich seiner.
Dann überkam ihn für eine kurze Zeit der Gedanke an den Tod. Selbstmitleid wandelte sich in Wehmut. Er wurde von dem Gedanken gepeinigt, er könnte keine Zeit mehr haben, um seine Aufgabe zu erfüllen. Aber um welche Aufgabe handelte es sich?

Er zog sich von Freunden zurück. Sie stören mich bei der Arbeit, sagte er zu Birgit. Neulich schwärmte einer von der Philosophie: am liebsten unterrichte ich dieses Fach. Er redete, als ginge es um seine Lieblingsspeise. Man sollte, wie es Jaspers einmal formuliert hat, entweder „auf Leben und Tod philosophieren oder gar nicht". Sie haben ein falsches Image von mir, dachte er. Das war richtig. Die gute Meinung, die er von sich selbst hatte, entsprach nicht derjenigen, welche die anderen sich im Laufe der Jahre von ihm gebildet hatten. Eine Ungerechtigkeit, wie er fand. Sie beurteilen mich nach einer Außenansicht, und diese stimmte nun überhaupt nicht mit der Innenansicht überein, über welche er und höchstens noch Birgit allein verfügten.

So entschloss er sich, Abschiedsbriefe an die oberflächlichen „Freunde" zu schreiben, die man wohl besser „Bekannte" nannte.

Die Freunde fühlten sich verletzt, reagierten ihrerseits, indem sie sich zurückzogen. Es würde doch nie wieder so sein wie früher, sagten sie sich. Nach seiner Frühpensionierung sei Engelfried ein Sonderling geworden.

Er wurde immer scheuer und stiller, machte oft einen verstörten Eindruck. Birgits Gesicht war von Besorgnis geprägt. Aber sie blieb ihrem heiteren, umgänglichen Wesen treu.

Er dachte an seinen Beruf zurück. Er hätte in ihn zurückkehren sollen. Jetzt war es zu spät. Die vielen Examina, das lange Studium, und das alles, um nach 18 Arbeitsjahren ein Rentnerdasein zu führen. Was hatte ihn so krank gemacht? War er nicht vielleicht schon krank auf die Welt gekommen?

Er verbrachte Stunden, um vor sich hinzuträumen. Das menschliche Treiben interessierte ihn nicht mehr. Wenn er ins Wohnzimmer kam, legte Birgit, wie es ihre Gewohnheit war, den Kopf in den Nacken, schaute ihn mit hochgezogenen Brauen erwartungsvoll an. Bitte, sagte sie leise, fang nicht wieder an. Vergiss die Zeit. Male deine

Bilder oder schreibe etwas. Ich kann dir nicht mehr zuhören, wenn du dich quälst.
Doch sie konnte seine düstere Stimmung nicht heben.

12

Birgit, die Lehrerin. Eines Abends sagte sie: Friedmann, ich möchte, dass du mir auch einmal zuhörst. Glaube nicht, dass nur du es schwer hast.
Aber ich höre dir doch immer zu.
Das kommt sehr selten vor. Meistens sprichst du nur von dir selbst. Das ist ja auch nicht so schlimm, das tun alle introvertierten Menschen. Aber auch ich muss mal etwas los werden.
Ich habe meinen Beruf gewählt, weil ich gern unterrichte, das weißt du. Aber viele von uns sind heute physisch und nervlich erschöpft, nicht wenige an ihre Grenzen gekommen. Wir unterrichten Klassen mit durchschnittlich 32 Schülern. In jeder unserer Klassen haben wir drei bis fünf verhaltensauffällige Kinder. Sie sind hyperaktiv, wahrnehmungsgestört, rennen ziellos in der Klasse umher, stören durch Geschrei den Unterricht. Schlaue Schüler haben längst gemerkt, dass wir Pädagogen kaum noch Disziplinierungsmöglichkeiten haben. Wir werden, wenn wir Schüler zur Ordnung rufen, von Sechs- bis Zehnjährigen als Drecksau beschimpft. Es gibt keinen Respekt mehr. Die Zusammenarbeit mit den Eltern gelingt zwar noch, aber nur selten. Am besten mit türkischen, überhaupt ausländischen Eltern, in deren Kulturkreis der Beruf des Lehrers noch angesehen ist.
Das habe ich so noch nie von dir gehört.
Du interessierst dich nicht, wie mein schulischer Alltag aussieht.
Doch, doch. Bitte, rede weiter.
Vielleicht hast du es schwerer als ich, das kann sein. Aber erinnere dich an unseren Ehevertrag. Wir wollten uns helfen, indem wir uns gegenseitig unsere Nöte mitteilen.

Junge Eltern schwören sich auf Konfrontation ein, vermutlich aus schlechtem Gewissen. Sie haben selbst ein Versagergefühl oder ein Gefühl von Hilflosigkeit und kompensieren ihr schlechtes Gewissen, indem sie den Lehrer ihrer Kinder als Versager hinstellen. Mütter beziehen vor dem Klassenzimmer Lauschposten und beschweren sich bei der Schulleitung, wenn eine Kollegin nicht mehr weiter weiß, sich schreiend versucht hat, in der Klasse Gehör zu verschaffen. Mit einem ständigen „Psst" oder einem Armheben ist keine Ruhe mehr herzustellen. Wir ringen um die Aufmerksamkeit der Kinder. Hallo, ich bin noch da, um euch etwas beizubringen. Guckt doch mal her. Meistens vergeblich. Wir müssen aber unter unmöglichen Bedingungen die Nerven behalten. Wehe der Kollegin, welche die Nerven verliert und einen Schüler zu heftig berührt.

Ein Kind, welches das zu Hause erwähnt, veranlasst die empörten Eltern, zur Schulleitung, ja gleich zur Behörde zu gehen.

Weißt du eigentlich, dass wir kein Kind ohne Aufsicht aus der Klasse schicken dürfen. Das Urteil über die Kollegin wird bei Eltern kolportiert: diese Lehrerin kann sich nicht durchsetzen. Auch mich fragen oft Kinder: Warum können Sie sich nicht durchsetzen? Fast alle Eltern unserer Schule wollen ihr Kind aufs Gymnasium schicken. Deswegen opponieren sie gegen jede schlechte Zensur. Ich kann nur von meiner Schule sprechen. Aber ich weiß, dass es in vielen Schulen so zugeht.

13

Das neue Fernsehgerät. Die Investition muss sich lohnen, meinte Birgit. Vielleicht hilft dir das Fernsehen, dunkle Gedanken zu verscheuchen.

Der neue Bildschirm hatte eine Diagonale von 150 Zentimetern, nahm jedoch in der Tiefe kaum Platz weg.

Engelfried entfaltete eine Zapping-Aktivität, um sich die quälende Langeweile zu vertreiben. Er hetzte von Kanal zu Kanal:

Den Bergpapagei auf einem Schaf sitzen sehen, das ist der Anfang. Er hackt das Schaf tot, tötet es, indem er dem Tier bei lebendigem Leibe Fleisch herausreißt.

Ein Altbundeskanzler hielt eine Laudatio auf eine ehemalige Schönheitskönigin. Ein Ex-Bürgermeister übergab den Preis an eine Mutter aus Filmserien.

Neurotransmitter im Gehirn haben eine Funktion: sie regeln die Leistung von Impulsen von einer Nervenzelle zur anderen. Transmitter mit funktionalem Defizit haben vermutlich Depressionen zur Folge – ein Überschuss führt dagegen zu manischen Zuständen.

21 Uhr: Sie trugen Gesichtsmasken aus Latex. Sie rissen ihn vom Stuhl und schleuderten ihn gegen die Wand. Die Frau wurde ohnmächtig, glitt langsam vom Stuhl. Ein Mann fasste ihren Oberarm und versuchte den Sturz abzuwenden. Eine Kugel drang in seine Schulter. Der Mann erhob erneut seine Pistole und zielte. Ein Gast riss den Lauf der Pistole hoch, die Kugel bohrte sich in die Wand. Sie verbargen Pistole und Schalldämpfer unter ihrem Mantel. Die übrigen Gäste saßen reglos da.

Das Liebesverhalten der Seepferdchen. Der Tanz, mit dem er wirbt, nach welchen Kriterien die Weibchen ihre Partner wählen, Rivalen buhlen, wollen dem Weibchen imponieren, indem sie den Bauch vorstrecken.

Ich verlor die Geduld, sprang auf und packte sie an den Schultern und schleuderte sie zu Boden.

Ein Geistlicher: Die kommende Zeit werde ich nutzen als eine Zeit der persönlichen Klärung, wie mein Weg weitergehen soll. Ich will mich in die Stille zurückziehen, um mich selber zu finden.

Sie hörten die Nachrichten. Bombenattentate in Ägypten, Raubmorde in Florida, Entführung im Jemen. Schneelawinen in Österreich.

Null Uhr: Philosophie. Die menschliche Existenz erschöpft sich nicht im physischen Vorhandensein. Die menschliche Existenz ergreift sich, fragt nach einem Woraufhin. Man sollte etwas sein, was man noch nicht ist.

14

In einer kleinen Osteria in der Nähe ihrer Wohnung würgten sie ein trockenes Risotto herunter.
Ich denke oft an unser Hochzeitsessen zurück. Steinbuttrahmsuppe.
Es gab gespickten Seeteufel, sagte Birgit.
Und Lammrücken mit Rosmarinkruste, schwärmte Engelfried.
Sie sagte: Du lebst nie in der Gegenwart, träumst von einer Vergangenheit, die es so nie gegeben hat und von einer Zukunft, die es so nie geben wird. Du gehörst zu den bedauernswerten Menschen, die das Leben, das doch zunächst Gegenwart ist, versäumen.
Das ist bitter, ich mag das nicht hören. Umso weniger, weil du wahrscheinlich recht hast.
Deine Träume von Ruhm waren immer Schäume. Sie sollten die verschmähte Anerkennung im Berufsleben kompensieren. Nach einer kurz dauernden Befriedigung von Eitelkeit wäre deine depressive Verstimmung zurückgekommen.
Wenn es um Krankheiten geht, bin ich hilflos wie ein Kind. Kein Held, vielmehr aus weichem Holz geschnitzt. Was heißt überhaupt „Held"? Meine Schüler setzten sich skeptisch mit der Tradition auseinander. Helden werden nicht mehr bewundert. Sie sind einfach dumm. Ihr Untergang ist die Folge eines falschen Verhaltens.
Meine innere Instabilität, mein inneres Gefährdetsein verlangt so viel Aufmerksamkeit und Kraft, ist so schutzbedürftig, dass ich mich

gegenüber anderen Einflüssen von außen hilflos fühle. Ich bin von meiner psychischen Konstitution her eigentlich nicht lebensfähig. Bei physischen Erkrankungen versagt die Gegenwehr. Sie ist vollständig verbraucht, verbraucht an der inneren Front. Eine geringfügige Krankheit, die fast jeder andere seelisch meistert, muss bei mir zum Anlass von Gedanken werden, die in der Selbstauslöschung eine Erlösung sehen.

Birgit, als ich damals im Bus bestohlen worden war, bekam ich plötzlich Existenzängste. Der Boden unter mir schien einzubrechen. Die Welt bestand für Stunden nur noch aus Taschendieben.

Und doch wolltest du den Helden spielen, lachte Birgit.

15

Es ist alles viel schwerer als er dachte. Ihm gelingen keine Gedichte.

Engelfried verbringt den späten Abend auf dem Balkon. Birgit und er haben am Atlantik eine Wohnung gemietet. Sie ist schon schlafen gegangen. Er träumt, denkt, träumt wieder. Eine Kerze flackert. Ihr Lichtkegel reicht, um ein wenig schreiben zu können. Papier und Stift liegen vor ihm. Malen liegt mir doch mehr. Es entspringt dem Grund meines Wesens. In einem Jahrhundert der Lager und Folter können romantische Empfindungen nicht mehr Gegenstand eines lyrischen Gedichtes sein. Er ist beruhigt. Morgen werde ich meine Staffelei aufstellen. Im Malen liegt meine Berufung. Warum hatte Birgit ihn nur ermuntern wollen, Gedichte zu schreiben? Sie wollte doch sicher nicht, dass er unglücklich würde.

Liebe ist eigentlich nie etwas Schönes, eher eine bösartige Krankheit, die den Menschen fesselt, bindet, quält, leiden lässt. Warum kommen mir diese Gedanken?

Der Wein geht zu Ende. Ich bin müde, krieche gleich unter mein Bettlaken. Kein Vogelruf, Windstille. Unheimlich. Die heiße Luft erdrückt, wenn sie in der Nacht von keiner Kühle abgelöst wird.

Eine Stunde später. Nach Tagen heute Abend die ersten Wolken am Himmel. Vom Ozean weht endlich eine kühle Brise herüber. Angenehm.

Er schreibt: Fast totale Finsternis. Der Mond von schwarzen Wolkengebilden verdeckt. Nur das monotone Schnarrgeräusch des Ziegenmelkers dringt durch die dunkle Stille. Unheimlich. Die Kiefern bewegen sich nicht.

Er legt den Stift wieder beiseite, lehnt sich zurück. Gott sei Dank, ein Motorrad durchbricht das Schweigen. Der Fahrer hält an, stellt den Motor ab. Er uriniert gegen einen Baum.

Plötzlich erlischt die Kerze. Engelfried findet kein Streichholz, um sie wieder zu entzünden, eilt ins Badezimmer. Dort, zwischen Spiegel und Waschbecken und grellem Licht versucht er seine Empfindung festhalten. Romantische Empfindungen will heute keiner mehr lesen. Wozu soll ich mich bemühen?

Nach kurzer Zeit kehrt er auf den Balkon zurück. Ein feiner, leichter Regen hat eingesetzt. Auf seiner ausgestreckten Hand spürt er die warmen Tropfen.

Plötzlich überkommt ihn eine Erleuchtung. Das muss ich festhalten, freut er sich und läuft in den Waschraum zurück. Das grelle Licht schmerzt. Ich werde meine Empfindungen in ironischer Brechung darstellen. Nur dann lohnt es sich, sie festzuhalten. Er schreibt:

Der Regen wird stärker, ohne an Sanftheit zu verlieren. Die Wipfel der Bäume strecken sich dem Regen entgegen. Hier befindet sich alles im Einklang und fügt sich einem großen Gesetz, das einfach besteht. Das keiner versteht, und das doch da ist.

Kein Wind. Der warme Regen beruhigt den Kiefernwald, deckt ihn zu mit sanfter Melodie. Es ist, als ob dem Rauschen des Regens alle Bäume andächtig zuhörten. Das Knistern des Regens, der die Bäume umfängt, ein zartes Beruhigen. Tropfen springen klirrend auf die Metallbrüstung des Balkons. Dieser reinigende Regen. Was für eine Nacht. Eine weiche kühle Luft durchzieht die Natur. Die Wolken zerreißen. Plötzlich erscheint der Mond wieder.

Sein Arm wird müde. Befriedigt und im Gefühl, eine kreative Leistung vollbracht zu haben, kehrt er auf den Balkon zurück.

Ihn überkommen Zweifel. Hatte er nicht von fremdbestimmten Empfindungen gehört? Er hatte davon gelesen. Eichendorff zum Beispiel gibt die Mondnacht vor in seinen Gedichten. Wir empfinden nicht ursprünglich, sondern so, wie es der romantische Dichter damals empfand und in seinen Versen zum Ausdruck brachte.

Es ist doch alles sinnlos, denkt Engelfried verzweifelt. Ich bediene mich verblasster Bilder, Worthülsen, romantischer Versatzstücke.

Trotz dieser Erkenntnis will er weiterschreiben. Ein Rausch hat ihn erfasst. Ihm ist, als gewänne er an Substanz, an Selbstwert.

Überwältigt von neuen Eindrücken kehrt er der Natur den Rücken, begibt sich wieder zu seiner Wand im Badezimmer.

Wolken brechen auseinander wie eine sich öffnende Kulisse. Der volle Mond scheint sich wie ein selbstherrlicher Autokrat gegen die Wolken durchgesetzt zu haben. Friede ist eingekehrt. Regen tropft von den Zweigen. Die Luft ist frisch und sauber. Ich lausche in die Dunkelheit. Kein Laut, nur das Fallen der Tropfen, wenn sie den Boden berühren, ist zu vernehmen. Der Mond durchleuchtet mit silbrigem Licht die Schwärze des Kiefernwaldes. Das Schweigen scheint auszudrücken: das ist getan.

Birgit klopft zart an die Tür des Badezimmers. Ich muss dich stören, lass mich kurz allein.

Er geht hinaus. Das Schreiben ist wichtiger als das Erleben, denkt er. Ich erlebe nicht unmittelbar. Die Stimmung, welche die Natur mir eingibt, Gefühle, Ahnung, Ehrfurcht – alles wird ohne meinen Willen zu einer Funktion, nur noch zu einem Mittel. Das stimmungsvolle Erleben bedeutet mir nichts. Ich bin ohne Hingabe. Alles wird zu einem Stoff, der geformt sein will. Alles um mich herum wird Material, das ich schreibend verarbeite. Mond, Wald, Wolken und Regen sind nur als romantische Fertigteile von Interesse, wenn sie einen Schreibimpuls auslösen.

Er entscheidet sich für eine Flucht nach vorn. Er schreibt, was ihm von seinen Balkonerlebnissen im Gedächtnis geblieben war.

Die Mondscheibe erscheint von Minute zu Minute beharrlicher, dominierender. Sie ist für eine Zeit der absolute Herrscher über das Land, das sich unter ihr ausbreitet.

Er braucht nicht mehr ins Badezimmer zu hetzen. Inzwischen ist es auf der Terrasse so hell geworden, dass er dort seine Aufzeichnungen beenden kann. Das Mondlicht spiegelt sich im Weinglas. Er ist nicht mehr müde, eher besorgt, den Augenblick zu versäumen, wenn er sich zum Schlafen hinlegte und weniger Erlebnisstoff zum Schreiben behielte.

Er sucht sich der vielen Mücken zu erwehren, die seinen Kopf umschwirren.

Der eine findet eine Befriedigung in dem, was ihm seine Vitalität zu erleben ermöglicht, denkt er. Ein anderer im Meditieren oder im künstlerischen Gestalten.

Einen Tag später. Engelfried schreibt unermüdlich. Heute hängt ein roter Mond über dem Ozean, kein Windhauch. Die Seele kann nicht atmen. Das Geschrei der Ferienkinder hallt aus der Ferne vom Strand über den Park bis zu meinem Balkon. Der Ziegenmelker beginnt pünktlich sein melancholisch-monotones Surren. Er ist mein Freund. Das Geschrei der ausgelassenen Halbwüchsigen ist verhallt. Langsam und unaufhörlich steigt der Mond wieder hinter den Wipfeln des dunklen Waldes empor. Unter mir sitzt alles bei Kerzenschein, Wein, Käse und Chips, genießt den späten Abend und ahnt nichts von den Geheimnissen der Nacht.

Er lehnt sich im Sessel zurück, lässt seinen Kugelschreiber fallen. Ich fühle mich gut, wenn ich schreibe, denkt er.

Unter mir im Hof werden jetzt Stühle aufgestellt. Schrecklich. Es scheint noch andere Menschen zu geben. Das wird schlimm. Gläser klirren, Korken knallen, Feuerzeuge werden entzündet, der Rauch der Zigaretten steigt empor. Gespräche und Lachen wirken barbarisch, zerreißen die Abendstille, machen jede Stimmung kaputt. Der Kies auf dem Vorplatz knirscht von Schritten.

Am nächsten Morgen. Ein Vogel hämmert ihn wach, so brutal, so eindringlich, dass an Schlaf nicht mehr zu denken war. Der Vogel schadet meiner Gesundheit, denkt er. Wir werden ihn wegen Körperverletzung verklagen. Heute nacht hielt ich mich mit dem Schreiben im Badezimmer länger auf als draußen beim Mondschein. Eigentlich komisch.

Er begibt sich wieder auf den Balkon. Es dämmert. Es ist hell genug, um die Aufzeichnungen fortzusetzen. Heute morgen ist es angenehm kühl. Ein kurzer Regen fällt, hinter dem Wald hört man das Toben des Ozeans.

Ich lebte auf den Vollmond hin. Es ist vorbei. Das Fest ist zu Ende, das romantische Fest. Die Spannung, die mit dem Warten auf ihn mich ergriff, ist jetzt einer Apathie gewichen. Es gibt kein wirkliches Fest mehr, wenn sich im Zeitgefühl keine Steigerung mehr ergibt. Ziegenmelker, Käuzchen und Nachtschwalben sind unsere nächtlichen Besucher. In der Dunkelheit hallen vereinzelt Schreie durch den Park. Der gestirnte Himmel in einer beängstigenden Klarheit. Mir offenbart er das Nichts in seiner universalen Grenzenlosigkeit. Was bist du Mensch, der du dich so wichtig nimmst, wichtig nehmen musst? Ein Staubkorn im All. Der Glaube an deine Bedeutung wird dir genommen im Angesicht des Unfassbaren, kalt Bedrohlichen.

Er wirft einen Blick ins Schlafzimmer. Birgit sollte endlich aufstehen und Kaffee kochen.

Ein Profi muss cool sein, denkt er. Der Dilettant schreibt, von Emotionen erfüllt, wie ich. Er bekommt keine Distanz zu dem, was er schreibt. Aber der Abstand macht erst den Künstler.

Er notiert: eine Gartenparty am Abend. Jemand spielt Saxophon. Es wird Beifall geklatscht, von Gelächter begleitet. Der Mann versucht sich an einem Evergreen: Strangers in the night. Es misslingt, der Spieler entlockt dem Instrument nur klagende Laute. Die Gäste bavardieren und lachen, dass es laut in den Wald hineinschallt. Ein Hund schlägt an, kläfft lauter zu den Versuchen des Saxophonisten. Die Zeit schreitet fort, das Gelächter hallt bis zu mir herauf. Hinter dem Wald am Meer schreien mehrere Menschen zugleich auf. Nur kurz. Es klingt wie ein Jubelschrei. Dann ist es wieder still. Die sternenklare Nacht lockt. Der Himmel wirkt auf mich heute freundlich, friedlich, beruhigend. Ich fühle mich wohl im Bewusstsein, nur ein Staubkorn zu sein. Es ist, als würde ich in ein großes Ganzes wohltuend aufgenommen. Das mystische Bedürfnis erwacht: sich im Ganzen der Natur aufzulösen, sein kleines Dasein zu sprengen, die Hülle individuellen Alleinseins abzustreifen, auf diese Weise der Einsamkeit zu entgehen.

Gartenparty in vorgerückter Stunde. Stimmen und Gelächter werden lauter, enthemmter. Später dann hastiges Verabschieden. Man hört das Geräusch von sich schließenden Wagentüren, vereinzelt auch die ausgelassenen Stimmen von Betrunkenen. Die Nacht schreitet voran. Die Sternenbilder erscheinen heller, strahlender.

Sind das meine Worte? Sie benennen nicht, was ich empfinde. Zerstören im Gegenteil das unmittelbare Erleben. Meine Sprache bedient sich der Klischeeworte. Sie ist von Vorgeformtem, schon vorher Empfundenem besetzt. Ja, jetzt habe ich es selbst erlebt. Es ist alles schon einmal dagewesen.

Eine vereinzelte Stimme schreit grell auf, so schrecklich, als habe die zu der Stimme gehörende Person ein Messer zwischen die Rippen bekommen. Aber es klingt maniert, nicht nach wirklicher Not. Das Geschrei geht in Gelächter über.

Engelfried erhebt sich. Ich kann nicht schreiben. Ich habe es versucht, es gelingt mir nicht. Aber ich machte eine notwendige Erfahrung.

Plötzlich ist ihm als lähmte ihn eine Erinnerung. Sie lähmte, indem sie ihm sein Schreiben als sinnlos erscheinen lässt. Ein Brief ist es, den er erinnert. Er hatte ihn wiederholt gelesen, einige Worte im Kopf behalten. Es ist der Brief eines gewissen Lord Chandos, den der Dichter Hofmannsthal geschrieben hatte. „Worte zerfielen mir im Munde wie modrige Pilze". Ist es das, was er bei allen seinen romantischen Notizen immer wieder empfunden hatte?

16

Hin und wieder ließ sich Engelfried von Birgit überreden, der Einladung zu einer Party zu folgen. Er hatte zu Hause bleiben wollen, ihm war nicht nach Feiern zumute. Außerdem fürchtete er die vielen Menschen. Birgit hatte gedrängt. Wir lernen interessante Leute kennen. Anwälte, Journalisten, Medienleute, der Chef einer Werbeagentur kommt auch.

Ein stark geschminktes Gesicht kam ihm entgegen. Ihre großen dunklen Augen leuchteten unter dichten Wimpern. Armbänder umgaben ihre Arme. Viele kannten sich gut und bildeten eine kleine Gruppe. Der eine oder andere pflegte gern die Bekanntschaft mit Leuten, von denen er glaubte, sie könnten ihm nützlich sein. Einen gab es, dem es Spaß machte, jedem zu widersprechen. Eine Frau genoss das Gefühl, im Mittelpunkt zu stehen. Ein allgemeines Gesumme herrschte. Man verstand nicht, was der eine oder andere sagte. Engelfried fuhr zusammen. Eine Stimme hatte ihn erschreckt. Eine Frau liebte es, ständig giftige Bemerkungen zu machen.

Büfett mit belegten Broten, Shrimps, Steaks gegrillt, Salate. Die Gäste bedienten sich selbst. Sie umkreisten den Tisch, beluden sich ihre Teller. Viele nickten einander freundlich zu. Einer sagte, er habe seinen Beruf verfehlt. Engelfried wollte nicht abseits stehen und ein trauriges Gesicht machen. Vielleicht gab es nach kurzer Zeit ein Gedränge, das einem die Gelegenheit gab, heimlich zu entweichen. Engelfried sagte: Boheme leisten sich Leute, die mit Kunst nichts zu tun haben. In meinem seelischen Leben ist Boheme genug.
Ein Literat: Ich bin Schriftsteller, hasse deshalb das Schreiben.
Die leeren Teller wurden abgetragen. Die harte Stimme einer älteren Dame drang durch die Gespräche.
Die Banalität mancher Themen war Engelfried unerträglich. Der Gastgeber schloss seine kleine Ansprache mit guten Wünschen. Aufdringliche Schmeicheleien hörte man.

Ein neuer Gast kam und entschuldigte sich bei den Gastgebern für seine Verspätung. Ein nervöses Zucken zog sich bei der Dame des Hauses vom rechten Augenlid bis zum Mundwinkel. Flüchtiges Küssen der Damen auf die Wangen.

Ich habe zum ersten Mal eine eigene Wohnung.

Er hat eine Geliebte. Ich habe es erfahren. Würdest du dich an meiner Stelle scheiden lassen?

Sie weinte. Er ist so egoistisch.

Herr R. hat Urlaub genommen. Wenn er wieder da ist, werde ich auf Urlaub gehen.

Oh, rote Tulpen! Meine Lieblingsblumen. Dass du daran gedacht hast.

Toll, dieses Kleid. Und das steht dir. Wo hast du das bekommen? Selbst entworfen wie die anderen?

Nein, ich habe es bei Staben gefunden, zufällig.

Tischis Oldtimer, Baujahr 1922. Mit ihm haben wir eine Tour durch Schweden gemacht.

Habt ihr Elche gesehen?

Einen einzigen. Die jungen Schweden in den Dörfern und Orten, in denen wir hielten, wollten sich mit unserem Wagen fotografieren lassen.

Also es war ganz süß. Wir machen jedes Jahr auf Öland Urlaub. Eine Elchmutter mit ihrem Baby kam plötzlich aus dem Wald bei Büxelkrog, trabte gemächlich ein paar Meter vor unserem Auto über die Straße.

Nicole ist mit sich unzufrieden. Sie schielt und muss mit ihren acht Jahren eine Brille tragen. Eine Zahnspange hat sie auch. Fühlt sich als hässliches Entlein. Ich habe gesagt, wenn du so alt bist wie Karen, und die ist jetzt vierzehn, bekommst du Kontaktlinsen. Und die Spange ist auch weg.

Und unsere Große ist vielleicht stolz. Sie ist angenommen unter 20 Bewerbern und ist jetzt Backgroundsängerin bei Andy B.

Nein. Unser Sohn besucht eine private Hochschule in Witten. Bei seiner Begabung. Etwas anderes kam für ihn gar nicht in Frage. Er wird Unternehmensberater, er will unbedingt Karriere machen. Er geht für ein halbes Jahr nach Vancouver. Oh, da kommen Helga und ihr Mann. Die können sicher erzählen. Kommen gerade von einer Fahrt auf dem Amazonas zurück. Ja, sie haben eine Fahrt auf dem Amazonas gemacht.

Ein Schauspieler, der abseits stand: In diesem Moment hatte ich ein Gefühl von Identität und wusste: das ist meine Möglichkeit, auch etwas zu sein.

17

Ich langweile mich auf Partys, zu denen ich dich begleiten soll. Mich langweilt das Fernsehen. Und du kannst stundenlang vor der Glotze hocken. Mich lenken Gespräche mit verschiedenen Leuten von meinen schulischen Problemen ab. Ich brauche die Geselligkeit, um meinen Job mal vergessen zu können.

Nachdem Engelfried zunächst den Glauben an seine Berufung als Künstler verloren hatte, zappte er durch die Kanäle, um die Zeit totzuschlagen und nicht trübsinnig zu werden.

Kanal 4. Er packte den Mann, brachte ihn zu Fall. Dann zerrte er ihn zurück zum Fenster, zog ihn vom Boden hoch und schleuderte ihn gegen die Wand. Er legte die Hand um seine Kehle.

Kanal 7. Das Matriarchat der Erdmännchen. Sie leben im Matriarchat, werden von Weibchen angeführt. Es gibt einen Späher, solange die anderen jagen, sich von Eidechsen und Schlangen ernähren. Auf einen Pfiff des Spähers verschwinden sie alle im Erdloch.

Kanal 12. Ein Schuss. Er sackte auf die Knie, stützte die Hände auf den Boden, senkte den Kopf, als dächte er nach, dann fiel er zur Seite.

Kanal 3. Ein Geistlicher. Wir haben oft vor der Kälte der Welt und den Menschen in ihr Angst. Ich horche, was in mir ist. Es ist, als ob Gott mich an die Hand nimmt. Das Gebet zu Gott ist wie eine schützende Wand, wie eine Mauer, hinter deren Schutz ich nicht zugrunde gehe. Ich möchte mich in meiner Not in eine Klosterzelle begeben.

Kanal 15. Seine Hand griff nach seiner Kehle, schnürte sie zu, holte mit dem Arm weit aus und schlug dem anderen ins Gesicht.
Sie duckten sich einen Moment, dann gingen sie wieder aufeinander los, betasteten sich, umklammerten sich. Er stieß seine Hand unter das Kinn seines Gegenüber und drückte dessen Kopf nach hinten.

Kanal 18. Kinder melden sich freiwillig zum Fronteinsatz, um ihre Männlichkeit zu beweisen. Manche wollen sich für Taten rächen, die an ihren Familien verübt wurden.
Kinder in der Welt werden entführt oder zwangsrekrutiert durch eine Ideologie, durch eine Religion. Ihre hohe Risikobereitschaft wird von Befehlshabern ausgenutzt. Diese treiben sie in ausweglose Situationen. Manchmal werden sie zu Propagandazwecken missbraucht. Berichte über Gräueltaten an Kindern sollen Hass gegen den Feind schüren. Deine Waffe ist dein Leben. Die Waffe ist deine Mutter, die dich beschützt.

Kanal 1. Es geht heute um Wellness. Körper und Geist sollten im Gleichgewicht sein, um Krankheiten zu vermeiden. Die Kur beginnt mit einer Entgiftung. Ernährung wird abgestimmt auf die Konstitution des einzelnen. Meditation und Ölmassagen, Stirnguss mit warmem Öl. Es kommt darauf an, das Gleichgewicht zwischen Körper, Geist und Seele zu stabilisieren. Wer Körper, Geist und Seele wieder in Einklang bringen will und sich Stressverminderung, Entspannung oder Unterstützung bei seiner spirituellen Sinnsuche erhofft, der kann inzwischen unter einer Vielzahl spezialisierter Hotels wählen. „Website www.wellness-and-more.com".

Kanal 2. Aus einer Predigt. Wer heute Nachrichten hört, muss depressiv werden. Der Drogenkonsum, wieder ein Flugzeugabsturz, Unwetterkatastrophen.

Aber seien wir nicht zu selbstquälerisch. Vertiefen Sie sich nicht nur in die Schattenseiten des Lebens, es gibt auch Sonnenseiten. Vergessen Sie das nicht. Entdecken Sie sie. Das Lächeln eines sympathischen Menschen. Ein kühles Bier im Kreis von Freunden. Die Sonne bricht durch die Wolken. Das Leben hält Wunder bereit. Manchmal verstecken sie sich vor unserem Auge. Mein Appell kann nur sein: suchen Sie Ihr Glück, finden müssen Sie es selber.

18

Er war früh aufgestanden. Er hatte es sich in den Kopf gesetzt etwas zu erzählen. Du musst es versuchen, hatte er sich immer wieder gesagt.

Es war noch still, vielleicht zu still. Er war es gewohnt, beim Malen oder Schreiben den städtischen Verkehr zu hören. Diese ewig summende Geräuschkulisse, die ihn zur Konzentration auf seine Arbeit zwang.

Birgit schlief noch. Vor dem Frühstück, vor dem Kaffee – es war die Zeit, in der ihm immer das meiste gelungen war. Oder doch nicht? Wie lange hatte er früher vor der leeren Leinwand gesessen, ohne die Kraft zu einem ersten Pinselstrich zu haben. Wie oft hatte er sich verzweifelt eingestehen müssen, dass er sein Talent zum Malen sich nur hatte einreden wollen. Aber dann hatte es ihn immer zu neuen Versuchen gereizt. Ein kleines Gelingen genügte, um ihn in eine gehobene Stimmung zu versetzen und ihm sein Künstlertum zu bestätigen.

Und jetzt? Wusste er überhaupt, worüber er zu schreiben gedachte?

Er wusste es. Es lag zurück. Wenn nur nicht dieses weiße Blatt wäre. Anfangen musste man. Irgend einen Anfang, einen ersten Satz. Aber welchen? Es war jetzt das vierte Mal, dass er einen ersten Satz geschrieben hatte. Aber nachdem der Punkt, dieser wichtige erste Punkt, welcher der Beruhigung dienen und das Gefühl von Kreativität vermitteln sollte, gesetzt war, gefiel ihm schon dieser erste Satz nicht mehr und er zerknüllte das Stück Papier, um es durch ein neues zu ersetzen. Die Qual begann von vorn.

Du nimmst dich viel zu wichtig, hatte Birgit einmal gesagt. Sie hatte ja recht. Ich muss Abstand zu mir gewinnen. Du spottest oft über andere. Der wahre Spott beginnt bei sich selbst. Diese kluge Frau. Man muss sich selbst beobachten. Ich will es versuchen.

Im vierten Stock eines Mietshauses saß ein junger Mann an einem kleinen Schreibtisch und dachte nach.

Engelfried lehnte sich zurück, blickte auf seinen ersten Satz. Dieser gefiel ihm. Ein Anfang. Aber jung? Ist es nicht besser ... Aber damals war ich ja jung. Natürlich. Wie alt mochte ich damals, als das passierte, gewesen sein? Vielleicht 26, Referendar noch, in der Ausbildung. Ja, damals passierte es, dieses schreckliche Missgeschick. Ich habe Birgit noch nie davon erzählt. Also: ich tue so, als beobachtete ich einen anderen. Das schafft die nötige Distanz.

Sein Blick richtete sich auf ein noch nicht beschriebenes Stück Papier, das vor ihm lag und immer größer wurde, je länger er darauf sah. Er stöhnte ein wenig und legte seinen Kugelschreiber, den er schon längere Zeit verkrampft in der Hand hielt, beiseite, erhob sich, um im Zimmer ein wenig auf und ab zu gehen.

Ja, dieser Einfall gefällt mir, strahlte es in Engelfrieds Kopf. Das bin ich. Ich bleibe selbst sitzen und lasse den anderen marschieren. Das schafft ein Gefühl von Souveränität.

Birgit war inzwischen aufgestanden, der erste Kaffeeduft zog in die Nase. Möchtest du ein Ei? hörte er sie wie aus weiter Ferne fragen. Er antwortete nicht. Nach den ersten Sätzen hatte ihn eine Art Obsession erfasst, die ihn zum Weiterschreiben zwang. Und er schrieb und schrieb.

Während er im Zimmer auf und ab ging, stieß er mit dem Fuß gegen mehrere Bücher, die verstreut auf dem Fußboden lagen. Sie hatten noch vor kurzem auf dem Tisch gelegen, waren jedoch, da sie dort zu viel Platz in Anspruch genommen hatten, abgeräumt worden.

Er lehnte sich wieder zufrieden zurück, freute sich über den schon halb beschriebenen Bogen. Das läuft gut, sagte er zu sich. Ich bin doch der geborene Epiker. Nein, kein Lyriker, das war ich eigentlich nie. Ich werde mir ein wenig Bewegung verschaffen, ich habe es verdient. Er erhob sich und ging im Zimmer auf und ab.

Nein, an die Arbeit, weiter, weiter, das gibt Befriedigung. Wäre der Raum, in dem er sich aufhielt, nicht so klein gewesen, er wäre zu seinem Schreibtisch gerannt, um der Obsession, die ihn gepackt hatte, ein Ventil zu bieten.

Um sich besser in dem engen Zimmer bewegen zu können, schob der junge Mann die zu seinen Füßen liegenden Bücher – unter ihnen befanden sich Kafkas Romane und Musils Erzählungen – mit einer energischen Fußbewegung an die Wand. In der Mitte des Raumes blieb er stehen und stöhnte wieder. Dieses Stöhnen tat ihm wohl und half, die ihn seit Stunden quälende vermeintliche Unzufriedenheit zu lindern.

Engelfried überlegte. „... seit Stunden quälende ...". Das klingt übertrieben. Das Wort „vermeintlich" passt nicht so recht. Ich bin doch wirklich unzufrieden mit mir oder besser: gewesen. Jetzt bin ich es ja nicht mehr. Ich kann später noch Änderungen vornehmen.

Noch nie hatte ihn die Lust zu schreiben so gepackt wie heute. Kommst du, fragte Birgit, dein Kaffee wird kalt. Ja, sofort. Nur noch einen Augenblick, einen Satz noch.

> *„Warum bin ich eigentlich dazu verdammt, so unzufrieden zu sein, dachte der junge Mann. Warum ergeht es ausgerechnet mir so schlecht?*

Er trank hastig seinen Kaffee, den ihm Birgit eingeschenkt hatte. Ich muss weitermachen, sagte er und stand vom Tisch auf. Ich habe Einfälle. Ein guter Tag. Ja, geh nur, sagte sie gutwillig, nutz das bloß aus. Und Engelfried saß wieder an seinem Schreibtisch.

Im nächsten Augenblick geschah etwas Merkwürdiges. Sein volles Gesicht, das eben noch den Ausdruck einer inneren Qual gezeigt hatte, erhellte sich und die verträumten Augen des jungen Mannes verloren ihren Anflug von Traurigkeit. Ich habe mich selbst erkannt", lächelte er beinahe glücklich. Eigentlich fühle ich mich bei dem Gedanken, vom Schicksal her ein unzufriedener, unglücklicher Mensch zu sein, ganz wohl. Mein Stöhnen, das ich wie ein Bühnenschauspieler nach Belieben laut oder leise von mir geben kann, dient nur dazu, mir meinen vermeintlichen Kummer selbstgefällig in den Kopf zu hämmern.
Im Nachbarhaus wurde ein Fenster geöffnet und ein junges Paar lehnte sich verliebt aneinander geschmiegt aus dem Fenster. Hinter ihnen hörte man aus einem Transistorradio bekannte Schlager.

Engelfried erhob sich. Das ist gut, lobte er sich selbst. Ich muss Reflexionen durch Umweltbeschreibung unterbrechen. Das gibt dem Ganzen Farbe, Sinnlichkeit. Ich muss nur angestrengt in mich hineinhorchen, dann gelingen mir die nächsten Sätze.

Selbstverständlich bin ich eine problematische Natur, fuhr der junge Mann in seiner Selbstanalyse fort. Meide ich nicht jedes gesellige Leben? Warum? Um mir dann um so besser einreden zu können, wie einsam ich bin.

Engelfried war glücklich. Das ist gelungen, jubelte es in ihm. Das muss ich nachher Birgit vorlesen. Sofort schrieb er weiter.

Der junge Mann freute sich über diese Erkenntnis, vor allem aber über die Ironie, mit der er sich selbst zu betrachten vermochte.
Es war nicht das erste Mal, dass er diese Erkenntnis gewann. Häufig schon hatte er sich auf diese Weise beim Schopfe gepackt und aus Trübsal herausgezogen. Aber dieser Wille zur Selbsterhellung hatte nie lange gewährt. Und wie es so vielen ergeht, war auch dem jungen Mann der glückliche Gedanke bald wieder aus dem Bewusstsein entschwunden. An die Stelle überlegener Reflexion war das Gefühl von Missmut und Leere getreten.
Jetzt aber schien es, als wollte er die gerade gewonnene Freiheit nicht wieder verlieren. Er ging zum Schreibtisch zurück und war fest entschlossen, seine gewonnene Position nicht mehr aufzugeben. Ich werde mich selbst mit allen meinen Schwächen darstellen, entschied er und griff zum Kugelschreiber.

Die Freude am Schreiben riß Engelfried davon. Sein Herz schlug aufgeregt, sein Gesicht bekam eine leichte Röte. Wie nenne ich meinen Helden? Dietmar. Dietmar soll er heißen.

Dietmar hatte in mehreren Städten Deutschlands studiert. Sein Ziel war es gewesen, an einem altsprachlichen Gymnasium die Schüler mit der Schönheit der griechischen und lateinischen Sprache vertraut zu machen. Das Examen war mit Erfolg bestanden worden und einer Anstellung als Referendar hatte kurz darauf nichts im Wege gestanden. Der junge Mann hatte sich aber mit der Rolle eines Nur-noch-Vermittlers geistiger Schätze auf Dauer nicht zufrieden geben können.

Engelfried wollte eine schöpferische Pause einlegen. Er war mit sich zufrieden. Der junge Mann war er ja schließlich selbst. Und Maler hatte er werden wollen, schon immer. Das sollte nun auch sein Held werden.

Ich habe dir noch eine Tasse Kaffee hingestellt, rief Birgit, sie wird dich bei deiner Arbeit frisch halten.
Er war dankbar. Er versuchte, sich seinen Helden vorzustellen und dessen Probleme in Worte zu fassen. Komisch, lächelte er vor sich hin, es waren ja meine eigenen gewesen. Hatten ihn, Engelfried, nicht auch immer die Vorbereitungen für den Unterricht in der Schule und die zuvor bis zum Examen gewissenhaft betriebenen Studien vom Malen abgehalten und daran gehindert, in die Fußstapfen seines geliebten Großvaters zu treten? Erst jetzt, nach seiner Frühpensionierung, hatte er endlich die Muße gefunden, sich ganz der Kunst zu widmen.

Engelfried schlürfte behaglich den Kaffee. Ein schönes Gefühl, kreativ zu sein. Wie lange schon hatte er dieses Gefühl entbehren müssen. Er wollte sich noch ein wenig Entspannung gönnen, bevor er sich dem Impuls zum Schreiben wieder hingab und stellte das Fernsehgerät fast mechanisch an.
Im Morgenmagazin ging es um ein Interview. Ein Politiker wurde von einem Journalisten befragt.

19

Welche Veränderungen erwarten Sie durch die neue Strukturierung?
Marktnahe Führung, strenges Kostendenken, Freisetzen von Kreativität, Wertebewusstsein. Die großen Persönlichkeiten gibt es nicht mehr. Das ist sicher überall so. An ihre Stelle ist eine junge, hochprofessionelle Generation von Managern getreten, die eine Sensibilität für die Werte entwickelt, nach denen früher die Großen angetreten waren.
Kindern Zukunft geben heißt, unsere eigene Zukunft sichern. Die Sicherung der Zukunft liegt auch in der Pflege unserer geistigen Wurzeln, unserer Identität.
Es geht immer um das Gebot der Nächstenliebe. Wir müssen vor allem im Kampf gegen strukturelle Not unsere Zukunft sichern. Geld verdienen ist nicht alles. Es gilt für alle die Verpflichtung, das Gemeinwohl wieder stärker ins Bewusstsein zu heben. Entscheidungen waren erforderlich, mit denen wir personelle Konsequenzen zu ziehen hatten.
Engelfried und Birgit hörten nicht zu. Jeder war mit sich beschäftigt.
Auf dem zweiten Kanal nahmen Birgit und Engelfried an einem Volksfest teil.
Masken tauchten auf. Zuerst einzeln, dann zu zweit, schließlich in kleinen Gruppen. Man hörte Instrumente und Trommeln. In seine Arbeit versunken saß ein Mann und tätowierte den Oberarm eines anderen. Kreischende Menschen in den Achterbahnen. Es gab Pantomimentheater. Auf einer anderen Bühne standen Akrobaten und ein Zauberer im Glitzerkostüm.
Der dritte Kanal bot eine Talkshow. Ein gut aussehender Moderator unterhielt sich mit jungen Mädchen.
Lass das mal, rief Birgit.

Miriam war 16: Ich freue mich auf Sex, aber es muss der Richtige sein,. Ich will erst meine Unschuld verlieren, wenn ich weiß, dass der Mann mich liebt, mit dem ich Sex habe.

Das Mädchen Stefanie: Ich könnte bis zur Hochzeit warten. Mein Freund muss warten. Wir kennen uns acht Monate. Ich muss sicher sein, dass er mich liebt. Wenn er mich wirklich liebt, kann er auch warten. Sex ist nicht alles.

Miriam: Aber wenn du deinen Freund liebst, wie kannst du seinem Drängen widerstehen?

Stefanie: Er drängt nicht. Ich kenne ein Mädchen, das nachgegeben hat. Der Typ ist gleich danach abgehauen.

Anja: Ich hatte mit 13 den ersten Sex, ich war einfach neugierig, nicht verliebt. Das war vielleicht zu früh. Heute bin ich 19 und lebe meine Sexualität aus. Ich kann Liebe und Sex trennen. Es gibt das Wilde, den Nur-Sex. One-night-stand und so. Das brauche ich auch. Aber wenn Liebe und Sex zusammenkommen ... das ist dann echt geil. Ich mag nicht gern, wenn ein Typ nur auf mir rumzuckelt, nur rein-raus-rein-raus. Dann komme ich mir blöd vor.

Miriam zu Stefanie: Ich habe oft Angst, man verpasst was. Kennst du das auch?

Nein, ich warte auf den Richtigen. Mit dem möchte ich meine Zukunft aufbauen.

Der Moderator hielt sich zurück und ließ die Mädchen reden.

Ach, stell aus, sagte Birgit. Und ich muss weitermachen, rief Engelfried und erhob sich.

Eines Tages werde ich endlich selbst malen, hatte sich Dietmar immer wieder getröstet. Eines Tages werde ich zu mir selbst kommen.

Es hatte aber nun im Laufe seiner Berufsjahre mehrere Verschnaufpausen gegeben, und Dietmar hätte die ihm verbliebene freie Zeit eigentlich nützen können, um seiner Berufung nachzugehen. Was hatte ihn abgehalten, das zu tun? Er hatte keine Erklärung dafür. Die Zeit, in der er vom Zwang, etwas im Dienst Festgeschriebenes tun zu müssen, befreit war, hatte er ungenutzt vorüberstreichen lassen. Es war, als hinderte ihn irgend etwas an der Verwirklichung seiner Vorsätze. Ihm selbst unerklärlich.

Wenn du noch Anerkennung in deinem Leben finden willst, dann wird es Zeit, jetzt anzufangen. Wenn du nicht bald beginnst, ist das Versäumte nicht mehr aufzuholen. Er hatte es immer wieder zu sich selbst gesagt. Der Druck, unter den er sich selbst setzte – war der es, der ihn lähmte?

Engelfried starrte vor sich hin. Ja, so war es ihm selbst einmal ergangen. Ein Schriftsteller ist ein Mensch, dem das Schreiben besonders schwer fällt. Hatte nicht Thomas Mann sich so ähnlich ausgedrückt? Ja, der große Künstler hatte sicher recht, wenn er die vielen Schreiberlinge meinte, diese Vielschreiber, die gern schreiben und sich auch noch für groß dabei hielten. Sie waren keine echten Schriftsteller. Und er? Er selbst? Der bedeutende Romancier hatte bestimmt auch nicht diejenigen im Auge gehabt, die sich für begabt hielten, auch wenn sie noch nicht eine Zeile geschrieben hatten. Er tat sich schwer, sowohl mit dem Malen als auch mit dem Schreiben. Das ja. Aber heute und einige andere Male hatte er es doch wenigstens versucht.

Engelfried grübelte. Was hatte ihn immer wieder am Schreiben gehindert? Die vorgeschriebene Arbeit als Lehrer hatte sich selbst als Ausrede entlarvt.

Plötzlich kam ihm ein rettender Gedanke. Ich werde weiter in mich hineinhorchen, mich an meine ehemalige Not, meine Mal- und Schreibhemmung erinnern und meinen Zustand schreibend überwinden, indem ich diesen in meiner Figur Dietmar objektiviere. Im Grunde versuche ich es ja schon seit den frühen Morgenstunden. Engelfried schrieb weiter.

Dietmars Zustand war mit dem eines inneren Gelähmtseins zu vergleichen. Das ihn nach seiner Selbstwahrnehmung beseelende Gefühl von Kraft, ja Triumph war wie schon einige Male zuvor einer ihn langsam beschleichenden seelischen Verstimmung gewichen. Lustlosigkeit, verursacht durch das Gift einer Überzeugung, die ihm unterbewusst suggerierte, dass das Schreiben, das Malen, ja die Kunst überhaupt etwas völlig Sinnloses sei, war der inneren Lähmung vorausgegangen, noch bevor er das neu gewonnene Kraftgefühl für seine ihm vorschwebende Aufgabe nutzen konnte. Aber warum sinnlos? Wo lag der Grund dieser fatalen Empfindung? Er haderte mit sich. Ich bin ein Versager, grollte er. Der Kugelschreiber fiel ihm aus der Hand. Ich kann mich drehen und wenden wie ich will, mich vom Fußboden oder von der Decke betrachten – jede neu gewonnene Perspektive hilft mir nicht weiter. Ich erreiche nichts, komme keinen Schritt voran.

Es blieb der gewohnte Ausweg, dieses Zimmer der Qual so schnell wie möglich zu verlassen, um in einem anderen Raum bei einer Flasche Wein und einer guten Zigarre das innere Gleichgewicht wiederzufinden.

Im Wohnzimmer herrschte eine warme und stickige Heizungsluft. Dietmar öffnete die Balkontür, um ein wenig die Abendluft einatmen zu können.

Engelfried erhob sich, ging hinaus und schlürfte den heißen Kaffee, den ihm Birgit erneut hingestellt hatte. Damals gab es noch keine Birgit. So ungefähr wie meinem Dietmar war mir wohl zumute. Mir fehlt ein Konzept, dachte er, ein Gesamtkonzept. Seine eigene innere Befindlichkeit zum Ausdruck zu bringen, das macht noch keinen Erzähler. Vielleicht bin ich doch mehr zum Lyriker geboren. Oder doch zum Maler? Vielleicht bin ich ein Maler auf Abwegen. Aber vielleicht habe ich auch mit meiner Methode Erfolg. Ich schreibe, was mir so einfällt. Vielleicht schließt sich am Ende doch alles zu einem Ganzen zusammen. Wie ging es denn damals mit mir weiter? Mein Künstlerproblem als Maler, der ich mich meinem verehrten und geliebten Großvater verpflichtet fühlte? Wie war meine Krise, meine Nervenkrise? Später lernte ich Birgit kennen, die mich überredete, es einmal zu versuchen und zum Pinsel zu greifen. Natürlich lasse ich meinen Dietmar einen Maler werden. Wenn du dich nicht quälst, wirst du wahrscheinlich später Versäumnisgefühle bekommen. Sie hatte es geschafft, ihn noch einmal an sein Talent glauben zu lassen. Er hatte zu arbeiten begonnen und war nicht mehr, wie er es so gern als Single getan hatte, vor sich in die Nacht davongelaufen.
Er rannte zum Schreibtisch zurück, um sein Werk fortzusetzen.

Der kühle Wein und die kräftige Zigarre taten Dietmar wohl. Weit in seinen Sessel zurückgelehnt legte er sein rechtes Bein über die Lehne und schlürfte gierig und in schnellen Schlucken eine Flasche Mosel. Es ist eigentlich völlig gleichgültig, ob ich mich quäle oder nicht, sinnierte er und sog mechanisch an der Zigarre. Behagen zu empfinden ist doch eigentlich schöner. Aber mein Leben kennt kein Behagen. Lachlust überkam ihn. Aber da kein anderer zugegen ist, lohnt es sich nicht, den Mund zu verziehen, dachte er. Ich sitze hier allein im Zimmer und nehme mich sehr wichtig.
Seltsame Gedanken beherrschten seinen Kopf. Hatte er sich nicht selbst in diese Rolle hineingesteigert und war jetzt zu einem Gefangenen einer Illusion geworden, die er nicht

aufgeben konnte, ohne sein Selbstwertgefühl zu kränken? Wie wäre es, wenn man heute Abend reinen Tisch machte. Heute Abend, da es sich nur zu deutlich gezeigt hatte, dass er ein Versager war, der sich aus Gott weiß was für Gründen einzureden versuchte, er sei ein noch nicht erkanntes Genie. Wie lange hatte er mit dem Gedanken gelebt, eines Tages bräuchte er nur ernstlich zu wollen und das Werk wäre vollbracht. Aber was war die Wahrheit? Dass so mancher Künstler zwischen dem Glauben an sich und dem sich immer wieder einschleichenden Zweifel, wirklich berufen zu sein, hin und hergerissen wurde, war sicher eine allgemein bekannte Tatsache.

Er schenkte sich Wein nach. Der letzte Gedanke gefiel ihm, und die kühle Lieblichkeit des Weines passte gut zu der für ihn beruhigenden Einsicht, dass er den Glauben an sich noch nicht vollständig aufgeben musste. Ach, der Gedanke war teuflisch, der Eitelkeit entsprungen und diente nur dazu, ihn, Dietmar, in seinem unfruchtbaren Irrtum zu belassen. Außerdem war der Gedanke als Klischee allgemein bekannt.

Der Wein wirkte. In seinem Inneren ging eine Veränderung vor sich. Eine plötzliche Beschwingtheit erfasste ihn. Da er den Wein reichlich und oft genoss, war er mit diesem Zustand seit langem vertraut. Durch hastiges und oft maßloses Trinken suchte er ihn zu beschleunigen. Dionysisch nannte er seine ausgelassene Stimmung. Er bejahte und suchte sie als eine Art Flucht aus der Leere seines Single-Daseins. Schließlich betrinke ich mich nicht all zu häufig, und schon gar nicht sinnlos, beschwichtigte er sein Gewissen und entkorkte eine zweite Flasche.

Ein Mensch, der mit sich so uneins ist wie ich, der an einem derartigen Gebrochensein krankt, der muss sich, wenn ihm sein Elend bewusst wird, hin und wieder mal mit einer Droge betäuben. Das würde doch jeder verstehen. Er verstand nicht mehr zu genießen. Nur um der erstrebten Wirkung willen goss *er das Getränk in sich hinein. Die zweite Flasche ging zur Neige. Nach jedem weiteren Glas steigerte sich die wilde Lust, aus allem, was ihn vom lebendigen Leben trennte, auszubrechen. Aber wo war das lebendige Leben?*

Engelfried freute sich. Ja, so ungefähr, nein, genau so war es gewesen, bevor ich Birgit, meine Retterin, kennen lernte. Was wäre wohl aus mir ohne sie geworden? Ich will meine Phantasie prüfen und meine Lust zu fabulieren fördern. Ich will versuchen, ein Tanzlokal, ein billiges, leicht anrüchiges zu beschreiben. Ich habe Birgit zwar auf einem Deich an der Nordsee kennengelernt, aber ich werde unsere Begegnung in das Tanzlokal verlegen. Natürlich wird es auch nicht Birgit sein, die dort meinem Helden Dietmar über den Weg läuft. Vielleicht eine Frau die ihr ähnlich ist.
Engelfried gönnte sich einen Campari Soda – nach dem Wein sein Lieblingsgetränk. Das Behagen, das er jetzt beim Schreiben empfand, ließ er seiner Hauptfigur noch nicht zuteil werden. Man muss sich alles verdienen, dachte er. Jedem echten Wohnen geht ein Weg durch eine Wüste der Einsamkeit voraus.

Engelfried notiert:

Ich muss hinaus, schrie es in Dietmar. Er hatte es eilig. Er sprang aus dem Sessel hoch und öffnete die Balkontür, die während seines einsamen Saufgelages wieder ein wenig zugefallen war. Draußen dämmerte es. In den gegenüberliegenden Häusern sah man die Leute vor ihren Fernsehapparaten sitzen. Manche Zimmer wurden von den zuckenden Blitzen erhellt, die von der Mattscheibe ausgingen.
Der Regen hatte aufgehört. Ein süßer, zugleich kräftiger Geruch lag in der feuchtwarmen Luft. Die Herbstnacht lockte Dietmar mit einem nicht näher bestimmbaren Versprechen.
Der kritische Augenblick war gekommen. Beschwingtheit und eine sich von Glas zu Glas steigernde Lust auf Abenteuer in

der Nacht lagen im Kampf mit einer nicht zu leugnenden Müdigkeit und Bleischwere der Glieder, ausgelöst durch den exzessiven Alkoholkonsum. Fast immer siegte die Angst, der gehobene Augenblick könne nur allzu schnell vergehen und Dietmar wieder in die Tristesse seiner Behausung zurückfallen lassen.

Wenn ich jetzt nicht schnell die Wohnung verlasse, ist an eine Flucht nicht mehr zu denken und die träge Sesshaftigkeit wird mich für den Rest des Abends in dumpfe Schwermut versinken lassen. Um dieser Gefahr endgültig zu entgehen und den dionysischen Rauschzustand noch zu stärken, goss er hektisch ein letztes Glas Wein in sich hinein.

Kurz darauf trat er auf die Straße. An ihrem Ende gelangte er auf einen weiten Platz, an dem er täglich vorbeifuhr. In der Dämmerung des Herbsttages bekam dieser für Dietmar ein neues Aussehen. Er schien ihm kleiner als sonst zu sein. Er überquerte den jetzt menschenleeren Platz und stand kurz darauf vor der verschlossenen Pforte einer öffentlichen Parkanlage, in deren Mitte sich ein von Buschwerk umstandener kleiner Spielplatz für Kinder befand.

Den vom Wein Berauschten lockte es in das Innere dieser ihm fast märchenhaft erscheinenden Welt einzudringen. Er konnte sich nicht erklären, was ihn so anzog. Obwohl er sich oft in der Grünanlage, in welcher am Tage Kinder spielten, bewegt hatte, schien es ihm, als würde er diesen stillen abgelegenen Winkel zum ersten Mal in seinem Leben wahrnehmen.

Als Dietmar erneut auf die kleine Holzpforte blickte, an die sich zu beiden Seiten ein langer Zaun anschloss, glaubte er, sie sei nur angelehnt. Leicht torkelnd näherte er sich dem Eingang. Er drückte die Klinke herunter, erkannte seinen Irrtum: sie war verschlossen.

Im nüchternen Zustand und bei Tageslicht hätte er nie die Verwegenheit besessen, sich über einen Zaun in ein zu dieser Stunde der Öffentlichkeit nicht mehr zugängliches Terrain zu *schwingen. Seine Korrektheit hätte ihm das verboten. Aber jetzt, zu dieser Zeit, allein und fast nur eingeschlossen von dunklen Häusern und menschenleeren Straßen, gab ihm der alkoholisierte Zustand den nötigen Mut, etwas Verbotenes zu tun. Die Verschlossenheit und Unzugänglichkeit des kleinen Parks erhöhte den Reiz, gerade jetzt dort in einem Augenblick einzudringen, da sich kein anderer in ihm befand.*

Den Zaun zu übersteigen war schwieriger als er gedacht hatte. Er entdeckte herausgerissene Eisendrähte der Umfassung. Hier ließ sich der Zaun bestimmt bequem herabdrücken. Er war sicher, unbeobachtet zu bleiben. An einer Stelle waren die Drähte fast heruntergetreten. Er spähte noch einmal um sich, ob ihn auch keiner beobachtete. Dann hielt er sich mit einer Hand an einem der Holzpfähle fest, kletterte hinüber. Auf der anderen Seite des Zaunes angekommen, stolperte er jedoch und fiel auf den nassen Boden. Schnell kam er wieder auf die Beine und verschwand hinter Bäumen im Dunkeln. Er näherte sich einer Stelle, an die ihn Erinnerungen banden. Sein Ziel war eine Bank, die von hohen Bäumen umgeben war. Der aufgeweichte Boden schwappte unter seinen Füßen. Er lief torkelnd über die dunklen Wege, atmete die faulige Luft des Herbstes. Hinter dem Grün einer dichten Hecke erreichte er eine Bank, setzte sich und dachte an die Zeit, da er sich an dieser Stelle eine Kugel hätte durch den Kopf jagen mögen. Einen Augenblick überlegte er, ob er die Nacht hier im Park verbringen sollte, auf seinem Platz, der seine Not erfahren hatte in Gesprächen, die er einst mit sich selbst geführt hatte. Ihm war, als sei die hässliche laute Welt ausgesperrt, als habe er sich vor ihr in diesem Garten in Sicherheit gebracht.

Birgit rief aus der Küche. Unterbrich einmal dein Schreiben. Du arbeitest und arbeitest. So kenne ich dich ja gar nicht. Ich wollte dich bitten, mich heute Abend zu einer kleinen Geburtstagsfeier zu begleiten. Eine nette Kollegin, Beate Urweider wird 40. Wir beide sind eingeladen. Ich mag nicht gern allein gehen. Außerdem bringt dich eine Party auf andere Gedanken.

Ärger stieg in ihm hoch. Schon wieder. Bei dem Sich-Treibenlassen vor dem Fernseher hätte er sich besser erholt. Doch heute verschmähte er jeden Kampf mit Birgit. Das Bewusstsein, kreativ gewesen zu sein, löste eine Fessel in seinem Inneren.

Vielleicht hast du recht, ich brauche heute Abend etwas Abwechslung. Hoffentlich ist nicht schon wieder die Rede vom Reinigen und Aktivieren der Körperzellen mit Bädern in Heublumen, Molke und Kerzenöl.

Nein, bestimmt nicht, lachte Birgit. Bei den Urweidern sind meistens gebildete Leute zu Gast. Leute mit Kultur und Tradition. Vertretern der Spaßgesellschaft werden wir da wohl kaum begegnen.

Ach, stöhnte er, all die Menschen, die über Kunst reden, aber keine Kunst sind.

22

Die Urweiders bewohnten eine Dachwohnung mit Terrasse.

Frau Beate Urweider war eine charmante Frau. Sie konnte die inneren Widerstände ihres Gegenüber entwaffnen, brechen, indem sie jeden Gesprächspartner in eine Atmosphäre von heiterer Freundlichkeit hüllte.

Engelfried redete. Wer meine Arbeit nicht würdigt, sogar ignoriert, der verhält sich so, als ignorierte er mich selbst. Ich kannte einmal einen Künstler oder einen, der sich dafür hielt. Er malte und malte. Seine einzigen Betrachter waren Kinder und ein paar Erwachsene, die ihm beim Malen über die Schulter sahen.

Eine Frau flüsterte: Herr Leiser hält sich für kompliziert. Seinem Selbstverständnis entspricht es deshalb, immer ein mürrisches Gesicht zu machen. Heute lacht er wenigstens mal.

Eine andere Frau spielte die Immer-Fröhliche. Sie sagte: Ein Abend auf einem Schloss müsst ihr euch auch einmal gönnen. Ein Jagddiner fand statt. Man sah eine Freitreppe, vor der unser Vierspänner hielt. Ein Haushofmeister kam zur Begrüßung, gefolgt von Lakaien und Stubenmädchen.

Wir waren wieder einmal im Konzert, Bruckners 9. Symphonie. Ein herrlich dunkler Kontrapunkt zu Mozarts Linzer Symphonie. Er hat wundervoll dirigiert, vor allem den Mozart: filigran ohne aufgesetzte Dramatik. Diese Transparenz.

Ihr wart doch in Nepal. Erzählt, wie war es?

Der Abschied vom Dasein vollzieht sich in Riten: Heiliges Wasser wird dem Sterbenden eingeträufelt, der Hals mit Girlanden umkränzt. Und gehüllt in Baumwollgewänder wird der Leichnam verbrannt.

23

In den nächsten Tagen schrieb Engelfried weiter an seiner Erzählung.

Einmal sagte Birgit: „Du arbeitest wie besessen. Ich bin so neugierig. Schließlich gebe ich doch Deutschunterricht. Kannst du mir nicht aus deiner Erzählung etwas vorlesen? Du sagtest doch, wir beide kämen darin vor." Engelfried überlegte.

Weißt du, Biggi, solange ich nur schreibe, geht es mir gut. Ich fühle mich dann einfach wohl. Ich habe ein wenig Angst, meinen Text laut zu hören. Vielleicht gefällt er mir dann schon nicht mehr. Ich bin dann über mich selbst enttäuscht und ...

Du musst mutiger werde. Jeder große Künstler ist selbstkritisch.

Er besann sich. Sein mangelndes Selbstwertgefühl. Der Teufel in ihm selbst. Er kannte ihn. Sich einer Kritik auszusetzen, war für ihn immer ein Risiko gewesen. Gut, ich lese. Aber eine Bitte habe ich: sei du kritisch. Du bist meine Frau, du bist ehrlich zu mir. Du bist der einzige Mensch, der mich kritisieren darf. Sag mir, ob es dir gefällt oder nicht. Ich will die Wahrheit hören. Wenn du mich kritisierst, tut es nicht weh.

Engelfrieds Erzählung (Fortsetzung):

Eingezwängt zwischen einem Kaufhaus und einer Tankstelle befand sich am Ende einer belebten Geschäftsstraße das Ballhaus „Zu den einsamen Herzen". Mit roten Riesenlettern, welche den Namen in die nächtliche Umgebung hinauswarfen, machte der Tanzpalast auf sich aufmerksam.
Ein Plakat am Eingang lockte mit dem Gastspiel eines belgischen Tanz- und Showorchesters Eddi de Lotte.
Auf der Tanzfläche drängten sich Tänzer der mittleren und noch reiferen Generation, die mit Disco und Technosound nichts anzufangen wussten.
Junge, geschiedene oder in Scheidung lebende Männer, Menschen aus allen sozialen Schichten. Frauen, kurz vor dem Verblühen, die letzte Abenteuer suchten, und noch reifere, denen es schwer fiel, allein zu leben und hier einen Mann zu finden hofften, mit dem sie alt werden konnten. Alte Herren waren hier ebenso vertreten wie sportliche junge Männer im Studentenalter, welche nur tanzen und sich amüsieren wollten. Man sah Freundinnen zu zweit an einem Tisch sitzen, Pärchen waren eine Seltenheit. In dunklen Nischen vergraben lauerten junge Zuhälter in der Erwartung, mit ihren Freundinnen finstere Geschäfte machen zu können.
Von einer kleinen Bühne am Ende des Saales waren zwölf Musiker bemüht, mit den zu der Zeit beliebtesten Schlagern die tanzenden Paare in Stimmung und Laune zu versetzen.
Unter den Musikern, welche erhöht auf einer Art Bühne saßen, befanden sich auch junge Leute, welche mit amateurhafter Begeisterung spielten und denen auf den ersten Blick noch nichts von der Routine eines Profis anzumerken war. Dass sie die sich vor ihnen bewegenden Tänzer in erhöhte Stimmung versetzten, lag wohl auch daran, dass, vom Schlagzeuger abgesehen, keiner dieser jungen Leute seine Arbeit in sitzender Haltung ausübte. Sie waren während ihres Spiels dauernd in

Bewegung, traten in kleinen Gruppen zu zweit oder zu dritt, manchmal auch allein vor ein an der Rampe aufgestelltes Mikrophon, um durch Gesangeinlagen das Haus in Schwung zu halten. Der Chef des Orchesters war zugleich der Star der Truppe und Liebling der älteren Generation: ein kleiner Herr um die 50, welcher die Violine spielte. Auffallend an ihm waren die tiefschwarzen gelockten Haare und die dunklen Augen, welche zusammen mit seinem künstlich gebräunten Teint eine Art Nachtclub-Atmosphäre hervorriefen.

Jetzt stand er in der Mitte der Bühne, neigte seinen Kopf dem Geigenkasten zu, so als wollte er in das Instrument hineinhorchen, zog seine buschigen Brauen hoch, gab seinem Gesicht einen verschmitzten Ausdruck und entlockte seiner Violine, nur von seinem Rhythmiker begleitet, eine einschmeichelnde Melodie, welche den Raum mit Zärtlichkeit erfüllte und die Tanzenden enger zusammenrücken ließ.

Kaum war die Melodie verklungen, da legte der Meister sein Instrument beiseite und vereinigte sich mit zwei Musikern aus seiner Band zu einem Gesangterzett. Es war nicht zu überhören: Das Timbre seiner Stimme übertraf das der beiden anderen an warmem Klang und sonorer Tiefe bei weitem. Während die beiden Jungen, die ihn flankierten, eher ihren Job mit lustloser Routine ausübten, blitzten und sprühten die Augen ihres Chefs vor Temperament und Lebenslust. Außerdem gab das aufgesetzt freundlich lächelnde Gesicht seiner ganzen Erscheinung eine noch jugendliche Frische.

Dann war Pause. Während sich die Tanzfläche langsam leerte, erlosch der Routinecharme des Orchesterchefs Eddi wie ein Scheinwerfer, der plötzlich abgestellt wird. Mit einem bereit liegenden Tuch wischte sich der Meister den Schweiß von der Stirn, der über sein gebräuntes Gesicht rann.

Fast alle Tänzer hatten wieder zu ihren Plätzen zurückgefunden. Die Kellner liefen geschäftig durch den Saal, räumten Gläser ab, füllten aus halbvollen Flaschen nach und nahmen neue Bestellungen auf.

An einem Tisch im Hintergrund des Saales saßen zwei junge Männer, die sich zu kennen schienen. Der eine von ihnen war gerade eben erst wieder an seinen Platz zurückgekehrt, weil er seine Tanzpartnerin zu einem Tisch hatte bringen müssen, der von dem seinen weit entfernt war. Der andere hatte nicht getanzt und auf die Rückkehr seines Bekannten mit Spannung gewartet. Er zögerte noch einen Augenblick mit seiner Frage.

Na, wie war's? begann er schließlich. Der andere machte ein übelgelauntes Gesicht. Statt sofort zu antworten steckte er sich eine Zigarette an und nahm einen kräftigen Schluck aus seinem Bierglas.

Du hast keinen schlechten Geschmack, fuhr der erste fort. Das Verhalten seines Gegenübers ärgerte ihn ein wenig. Er hatte dem anderen beim Tanzen zugeschaut und ihn um das Mädchen in seinem Arm beneidet. Da er selbst unter Schüchternheit litt, sich deshalb meistens ungeschickt benahm, war er auch heute Abend schon beim ersten Versuch, ein Mädchen zum Tanzen aufzufordern, abgewiesen worden. Für den Rest des Abends mangelte es ihm an Mut, einen neuen Vorstoß zu wagen. Wie so oft schon begnügte er sich mit der Rolle des Voyeurs. Er war es gewohnt, den anderen beim Tanzen zuzuschauen, suchte mit den Tischnachbarn in den Tanzpausen ins Gespräch zu kommen, um sich von ihnen über Erfolg oder Nichterfolg berichten zu lassen.

In dieser Erwartung sah er sich jetzt getäuscht. War wohl nichts, versuchte er einen neuen Anlauf.

Wahrscheinlich, war die kurze Antwort. Übrigens, fuhr der Schüchterne fort, die junge Frau kommt mir irgendwie bekannt vor. Der Tänzer schien aufzuwachen. Er hob den Kopf und sah dem anderen verärgert ins Gesicht.

Die Musik begann von neuem. Eine frisch aus Frankreich importierte und sehr schnell beliebt gewordene Melodie brachte

Bewegung in die Menschen. An allen Tischen sprangen tanzwütige Männer von ihren Stühlen hoch, steuerten in die verschiedensten Richtungen und stießen beim Überqueren der noch leeren Tanzfläche fast gegeneinander. Der weibliche Teil der Gäste erwartete lächelnd seine Tänzer. An allen Ecken des Saales drückten Frauen Zigaretten aus und erhoben sich. Die Tanzfläche füllte sich, der Trubel überschwemmte den Saal. Es war jetzt nicht mehr möglich, ein Gespräch zu führen. Eddi de Lotte schnulzte ins Mikrophon und der Saal sang mit.

Bitte, hier, der Platz ist noch frei. Der Kellner hatte einen neuen Besucher zu dem Tisch der beiden Männer geführt und wies auf einen dritten, noch freien Stuhl, der sich zur Linken der beiden befand.

Es war Dietmar, der nach längerem ziellosen Umherirren durch leere abgelegene Straßen der Stadt sich zu einem Besuch des Ballhauses entschlossen hatte. Die Vorstellung, schon nach kurzer Zeit wieder in sein leeres Zuhause zurückkehren zu müssen, hatte ihn schaudern lassen.

Die Männer an dem Tisch nahmen keine Notiz von ihm. Dietmar grüßte kurz, aber die beiden schienen das nicht bemerken zu wollen.

Der wortkarge Tänzer sprang plötzlich auf und eilte mit hastigen Schritten in Richtung Ausgang. Es sah aus, als würde er von irgend jemandem verfolgt. Kurz vor der Eingangstür zum Tanzsaal stieß er fast mit einem Kellner zusammen, der ein mit Gläsern und Flaschen besetztes Tablett auf der Innenfläche einer Hand balancierte. Ein Sprung zur Seite verhinderte im letzten Augenblick ein Missgeschick.

Die Szene hatte nur kurz gedauert, war aber doch so ungewöhnlich, dass viele der an den Tischen sitzenden Gäste dem jungen Mann nachblickten. Kellner sahen einander an als argwöhnten sie eine Zechprellerei, schüttelten dann aber nur den Kopf, wohl überzeugt, dass das hier nicht zutraf.

Während einer Tanzpause hätte ein fluchtartiges Verlassen des Saales für noch mehr Aufsehen gesorgt. Aber die Stimmung im Saal, vor allem bei den Tanzenden, hatte in diesem Augenblick einen neuen Höhepunkt erreicht, denn Eddi sang einen Schlager, der zu der Zeit sehr bekannt war. „I beg your pardon, I never promised you a rosegarden".

Nach dem Meister sang einer der Musiker aus der Gruppe, ein junger Bursche mit rotem Haar und sommersprossigem Aussehen eine bei allen beliebte Melodie. Der Rhythmus, den er mit seiner elektrischen Gitarre dazu schlug, erhöhte den musikalischen Genuss. Und wenn das ganze Orchester beim Refrain klatschend und singend einfiel, gerieten nicht wenige in Ekstase. Ältere Leute begnügten sich damit, die Melodie nur mitzusummen.

Dietmar war zu sehr mit sich selbst beschäftigt als dass er dem plötzlichen Verschwinden seines Tischnachbarn hätte irgendeine besondere Aufmerksamkeit schenken können.

Er hatte in den letzten Stunden mehrere Straßenzüge durchlaufen. Das Gefühl, in einer Welt des Dunkels und der Sinnlosigkeit leben zu müssen, hatte ihn gequält und von einer Kneipe in die andere getrieben, schließlich sein Inneres so zusammengeschnürt, dass er bisweilen vor Einsamkeit laut hätte schreien mögen. Um vor einer immer heftiger beißenden Depression davonlaufen zu können, hatte er verzweifelt nach einem rettenden Ausweg gesucht. Das unbeschwerte Treiben in diesem Hause, die Lautstärke der Musik, die noch den letzten Winkel des Saales erreichte, das unbedarfte Gelächter in seiner näheren Umgebung und das Geklirr der Gläser, der Trubel insgesamt – alles das hatte ihn wieder aufatmen lassen. Nach Stunden verzweifelten Umherirrens empfand er zum ersten Mal ein wenig Geborgenheit. Er kroch trotzdem noch in sich zusammen wie eine Schnecke, die sich einer neuen ungewohnten Umgebung ausgesetzt fühlt.

Er war wieder nüchtern. Wenigstens glaubte er es zu sein.

Der Alkoholgehalt von zwei Flaschen Wein und ein paar Bieren, den er sich während seines Kneipenbummels zugeführt hatte, schien fast verflogen. Er war es gewohnt, die chronisch wiederkehrenden Depressionen im Alkohol zu ertränken. Besser: er hatte sich an den Versuch, sich auf diese Weise zu betäuben, gewöhnt, auch wenn er meistens die Überzeugung gewann, dass derartige Versuche misslangen.

Er trank kurze, winzige Schlucke aus einem Glas Wein, das er bestellt hatte und war bemüht, sich von dem Frohsinn der anderen ein wenig anstecken zu lassen. Als er sich jedoch umsah, meinte er für sich zu entdecken, dass der Frohsinn um ihn herum entweder nur aufgesetzt oder insgesamt albern war.

Er war eigentlich nie ein guter Tänzer gewesen. Da er wenig Talent zum Tanzen besaß, mangelte es ihm fast immer an Mut, die Initiative zu ergreifen. Er saß meistens grüblerisch vor seinem Glas und sah der Tanzkunst der anderen bewundernd zu. Er pflegte dann den Amüsierten zu spielen und sich eine Überlegenheit einzureden, die er in keiner Weise besaß. Das Gegenteil war der Fall. Heimlich beneidete er die anderen um ihre Fröhlichkeit, versuchte sich zu trösten, indem er sich einredete, er müsse von dem Leben der anderen ausgeschlossen sein, um den Leidcharakter der Welt um so tiefer empfinden zu können.

Birgit unterbrach ihn. Du ironisierst dich selbst. Siehst du, so gut kenne ich dich. Aber ich muss dich enttäuschen, sei jetzt nicht böse. Du hast mir erlaubt, kritisch zu sein. Du bist als Erzähler noch der allwissende Autor. Aber alle Menschen sehen immer nur einen Ausschnitt der Wirklichkeit. Das hat schon William Faulkner gewusst, den du so verehrst. Aber lies erst einmal weiter.

Ich habe keine Lust mehr, weiterzulesen. Du nimmst mir jeden Mut. Nein, nein, lies schon, sei nicht so empfindlich. Du kannst doch schreiben. Es gefällt mir ja auch vieles.

Engelfried schüttelte den Kopf.

Die beiden Männer würde ich herausnehmen, die bringen nichts. Mit dem Herauslaufen des einen wolltest du sicher Spannung erzeugen. Aber dessen Flucht findet keine Begründung, ist nicht motiviert. Was soll das also? Du musst, bevor du zu schreiben beginnst, ein Konzept erarbeiten. Du hast mich gebeten, eine ehrliche Kritikerin zu sein.

Engelfried schwieg. Er würgte an einem Groll. Er hatte auf Zustimmung von ihrer Seite gehofft. Trotzdem las er weiter.

War es der noch vom reichlichen Weingenuss in ihm geweckte Übermut, der in der Leere der Straßen erloschen war, jetzt, in dieser Ballhausatmosphäre sich aber wieder rührte? Oder überhaupt das Bedürfnis, am Leben der anderen teilzunehmen. – Er fasste den Entschluss, an diesem Abend auf jeden Fall zu tanzen. Sein Blick glitt über die Tanzfläche und sog sich fest an den sich bewegenden Körpern der jungen Mädchen und Frauen. Hier begegnete er dem unkomplizierten Leben, das nicht über sich selbst nachdachte, sondern einfach nur da war. Junge Arbeiterinnen, Verkäuferinnen, Friseusen und Angestellte überließen sich ihrer unschuldigen Freude am Tanzen. Von ihnen ging eine warme Sinnlichkeit aus, die sein Begehren weckte. Er dachte: in den nächsten Minuten eine von ihnen im Arm zu haben, ihren Atem zu spüren und sich bei sanfter Musik in die Weichheit ihres Körpers zu schmiegen – ja, das wäre wie eine Erlösung. War es nicht das, was er brauchte, dieses Nur-Körperliche? Dieses weiche weibliche Fleisch. Es könnte seine Seele beruhigen, ihn auf Zeit von seiner Krankheit befreien.

Birgit rief dazwischen: Das gefällt mir schon besser!

Er wollte nur ein wenig kosten, unverbindlich und ohne sich ganz zu geben, nur so gleichsam im Vorübergehen, um dann wieder schnell im Dunkel der Nacht und unbemerkt von anderen sich davonschleichen zu können.

Birgit: Das klingt gemein. Aber diesen Teil finde ich schon besser als den Anfang.

Denn ich bin nicht in dieser Welt zu Hause, dachte er.

Birgit: Hast du wirklich so gedacht?
Nein, nicht wirklich. Das ist doch nur Fiktion. Diese Gedanken sind nicht authentisch. Ich habe sie meinem Dietmar in den Kopf gelegt, das ist alles.

Er fuhr fort zu lesen:

Ich möchte nur ein Gast sein und so wenig Spuren wie möglich hinterlassen.

Birgit: Doch, so denkst du, das bist du, ich weiß es.
Na gut, ein wenig. Aber es hat doch mit meiner Biographie ... meiner inneren meine ich jetzt ... nichts zu tun. Und eines darfst du wirklich glauben: Wenn ich auch früher so empfunden habe wie dieser Dietmar ... ein wenig vielleicht ... seitdem ich dich kenne ...
Birgit: Ja, ich weiß schon, was du sagen willst. Lies weiter.
Hab ein wenig Geduld, das Beste kommt ja vielleicht noch. Engelfried lächelte und las.

Dietmar verachtete und beneidete zugleich die jungen Männer, die jetzt in der Pause ihre Damen mit erhitzten, aber glücklichen Gesichtern zu deren Plätzen begleiteten.
Als der nächste Tanz begann, sprang er als einer der ersten von seinem Stuhl und eilte zu einem gegenüberliegenden Tisch, an dem eine junge Frau saß.

Sie hatte ihm gefallen, und er glaubte von ihr das zu erhalten, was er still ersehnte. Sie befand sich gerade im Gespräch mit einer Tischnachbarin mittleren Alters, als Dietmar hinter ihrem Rücken auftauchte, seinen Oberkörper aber so weit nach vorn schob, dass er ihr sein Gesicht zuwenden konnte.

In diesem Augenblick drängte ein junger Mann mit langen strähnigen Haaren hervor. Lässig trat er an den Tisch, an dem die Frau saß, deutete mit ausgestrecktem Finger auf sie und beschrieb mit seiner rechten Hand einen Kreis in der Luft. Es sollte so viel heißen wie: komm schon, los, tanzen. Die Frau schien weniger verwirrt als belustigt in diesem Augenblick sich zwischen zwei Männern entscheiden zu sollen.

Die Frau musst du genauer beschreiben. Wie sah sie denn aus? Engelfried ging auf Birgits Frage nicht ein. Er fuhr fort:

Sie musste den jungen Mann bereits gekannt haben, denn nach einem flüchtigen Blick, den sie diesem zuwarf und in dem Zustimmung lag, wandte sie Dietmar fast gelangweilt – so schien es ihm wenigstens – den Kopf zu und musterte ihn mit Geringschätzung.

Dann lachte sie kurz auf, antwortete auf Dietmars Bitte, die er gutmütig wiederholte, weil er glaubte, sie habe ihn rein akustisch nicht verstanden, freundlich aber bestimmt: nein, danke und wandte sich dann dem Jüngeren zu, der schon ungeduldig, aber seiner Sache sicher der Tanzfläche zustrebte. Kurz darauf verschwand sie mit ihm im Gewoge der die Fläche bevölkernden Paare.

Dass ein junger Mensch von einer Frau abgewiesen wird, das kommt auf der ganzen Welt vor. Auch in diesem Saal kam es sicher nicht selten vor, dass Männern aus den verschiedensten Gründen ein Tanz abgeschlagen wurde. Die weniger Empfindsamen unter den Zurückgewiesenen nehmen die kleine Demütigung – wenn man es denn überhaupt als eine solche bezeichnen will – mit einem Achselzucken zur Kenntnis, geben sich für einen Augenblick beleidigt und wenden sich dann schnell einer anderen weiblichen Person zu. Bei anderen dauert es etwas länger und sie kehren ein wenig enttäuscht und hilflos an ihren Tisch zurück, von dem sie voller Hoffnung aufgebrochen waren.

Dietmar gehörte weder der einen noch der anderen Sorte von Männern an. Sein mangelndes Selbstwertgefühl hatte ihn noch nie eine Niederlage schnell vergessen lassen. Er stand jetzt für einen Augenblick wie versteinert vor dem Tisch, an dem seine Erwählte soeben gesessen hatte. Er begriff nicht, was geschehen war und konnte sich nicht erklären, warum die Frau einem Manne entgegengekommen war, der sie noch nicht einmal aufgefordert hatte. Kurz darauf hatte er ein Gefühl, als richteten sich die Augen aller Anwesenden auf ihn und als verzerrten sich deren Münder zu einem hämischen Grinsen. Bedrückt schlich er an seinen Platz zurück, verkroch sich in sich selbst und beschloss, für den Rest des Abends nichts mehr zu unternehmen.

Kein Glück gehabt? hörte er eine Stimme neben sich. Dietmar sah erschrocken auf. Sie scheinen enttäuscht zu sein, fuhr sein Nachbar fort, zündete sich eine Zigarette an und wandte Dietmar sein Gesicht zu. Es lohnt sich nicht, nur einen Augenblick zu trauern, schon gar nicht wegen dieser ‚Dame'.

Dietmar war verstimmt. Der Mann schien ihn die ganze Zeit beobachtet zu haben. Und Sie kennen diese Frau?, fragte er.

Sie ist jeden Freitag hier. Verheiratet. Sie ist fast immer mit dem Jungen zusammen. Er ist ihr Freund.

Dietmar war beruhigt. Ach, so ist das, murmelte er. Ich sah einen jungen Mann, der ihr zuwinkte.

Richtig, das ist er. Der braucht nur noch zu winken und sie springt ihm entgegen.

Na, dann habe ich ja nichts versäumt. Der Mann neben ihm wirkte unsympathisch, aber er half ihm durch seine Kenntnisse, und das tat seiner Seele gut. Dafür war er ihm dankbar. Diese Art von Frauen habe ich doch eigentlich nicht gesucht. Er spürte plötzlich gegenüber der jungen Frau, von der er eben noch glaubte, empfindlich gekränkt worden zu sein, auf seine spießige Weise eine moralische Überlegenheit. Verheiratet ist sie, Mutter von zwei Kindern und amüsiert sich in einem Tanzlokal bis tief in die Nacht mit jungen Männern. Dietmar gewann sein Selbstvertrauen zurück, indem er diese Person herabsetzte.

Sein Nachbar war bemüht, den zwischen ihnen beiden hergestellten Kontakt nicht abreißen zu lassen. Ich habe gut reden, meinte er vertraulich und schob sein Gesicht näher an Dietmar heran. Ich heiße Sven. Und du?

Dietmar war zu verblüfft, um seinen Namen nicht zu nennen. Also Dietmar, ich habe gut reden. Du scheinst ja so ein ähnlicher Typ zu sein wie ich. Ich habe dich die ganze Zeit beobachtet. Du gefällst mir.

Das war schon peinlich. Unwillig drehte Dietmar sein Gesicht zur Seite. Warum war der Mann so aufdringlich? Er mochte ihn nicht. Dieser Sven war ihm lästig.

Mir geht es genau so, fuhr Sven hemmungslos fort. Wenn mich eine Frau abblitzen lässt, dann bin ich zuerst völlig fertig. Bis ich dann wieder Mut habe, das dauert ...

Dieser Schwätzer, dachte Dietmar. Es war seine Art höflich zu bleiben. Er tat so, als höre er dem Mann zu und nickte mechanisch vor sich hin.

Hallo, Herr Ober! rief Sven und drehte sich nach einem hinter ihnen stehenden Kellner um. Bringen Sie uns zwei Cognac.

Für mich nicht. Ich vertrage keinen Schnaps mehr, wehrte sich Dietmar.

Was trinkst du denn? Ich gebe einen aus. Wein? Ja natürlich Wein. Also nur einen Cognac und ein Glas Wein.

Ich habe heute schon genug getrunken. Aber Nachbar Sven schien diesen Einwand überhören zu wollen. Er wandte sich *wieder mit Interesse der Tanzfläche zu und deutete mit einer Kopfbewegung auf eine junge Frau von ungefähr Mitte Dreißig, die vor ihnen mit einem Mann von südlichem Aussehen vorbeitanzte.*

Auch Dietmar beobachtete einen gut aussehenden Mann um die Vierzig, der sich auffallend bemühte, mit seiner Partnerin ins Gespräch zu kommen. Aber das Gesicht der Frau blieb stumm, fast ernst. Dietmar meinte, in ihrem Gesicht einen Ausdruck von Widerwillen zu erkennen.

Sie hatte ein rundes Gesicht, blonde, um den Kopf zu einem Kranz gewundene Haare. Auffallend war ein rotes Kleid, das sie trug und welches eine Handbreit über dem Knie endete. Ihre kurzen festen, nicht sehr schlanken Beine steckten in weißen Stiefeletten, die mit einem schmalen Pelzrand besetzt waren.

Dietmar war von diesem weiblichen Wesen fasziniert. Ihm war, als sei in dieser Person sein erträumter Typ Wirklichkeit geworden. Die ganze Erscheinung dieser Frau traf ihn in seinem Inneren wie die Begegnung mit einem höheren Wesen.

In dieser Frau soll ich mich wahrscheinlich wiedererkennen. Aber du hast das lieb geschrieben.

Engelfried sah auf, lächelte. Jeder Versuch, dich naturgetreu zu beschreiben, würde mir missraten, sagte er charmant.

Dietmar konnte den Blick nicht wenden. Man sah der Frau deutlich an, dass sie mit dem Mann nicht gern tanzte, sich vielleicht nur widerwillig hatte auffordern lassen.

Der Mann dagegen strahlte vor Selbstbewusstsein. Ihm schien ihr leicht widerspenstiges Gebaren nichts auszumachen, wohl in der festen Überzeugung, sein Charme sei unwiderstehlich und würde ihre Eiseskälte bald zum Schmelzen bringen.

Dann verlor Dietmar die beiden eine Zeitlang aus den Augen. Kurz darauf sah er sie unmittelbar an seinem Tisch vorbeitanzen.

Er warf einen traurig-resignierten Blick zu der Frau hinüber. Auch sie sah in seine Richtung, und für einen kurzen Augenblick trafen sich ihrer beider Augen. Er bildete sich ein, sie habe ihn liebevoll angesehen.

Das hast du gut beschrieben. Mir gefällt es. Übrigens: ich hatte an dem Abend kein rotes Kleid an.

Engelfried seufzte. Ja gut, aber das spielt doch keine Rolle. Irgendeine Farbe wird dein Kleid schon gehabt haben.

Irgendeine. Mein Kleid war weiß. Ich dachte, du hättest das behalten.

Na gut, dann also weiß. Ich weiß es wirklich nicht mehr so genau. Außerdem war es im Sommer. Meine Erzählung habe ich in den Herbst gelegt. Und unsere erste Begegnung fand nicht auf einem Tanzboden statt, sondern auf einem Deich.

Auf einem Sommerdeich und ich hatte ein weißes Kleid an.

Genau. Aber unser Deich ist mir zu heilig, um ihn in einer fiktiven Geschichte darzustellen. Jedes Jahr sind wir an die Stelle unseres Kennenlernens gefahren, um den Tag zu feiern.

Das verstehe ich. Ein Tanzschuppen wie der, den du da beschreibst, bietet vom Milieu her mehr Stoff.

Jetzt hast du alles begriffen. Du solltest den Beruf einer Lehrerin an den Nagel hängen und meine private Lektorin werden.

So. Und wovon sollen wir dann leben?

Ich lese jetzt weiter. Hast du noch Lust, mir zuzuhören?

Ich bin gespannt, wie du mich „verarbeitet" hast.

Wo war ich stehen geblieben?

„Er bildete sich ein, sie habe ihn liebevoll angesehen". So hieß dein letzter Satz.

Ihr Blick hatte ihn in Unruhe versetzt. Er wollte diese Unruhe sogleich bekämpfen. Sein Schattendasein, in dem er sich eingerichtet hatte, ließ jede Hoffnung auf eine Glückserfüllung im Keim ersticken.

Aber so wie du dich darstellst, bist du doch damals gar nicht gewesen. Du machst dich noch schwärzer und trauriger als du warst. Mag sein. Ich sagte doch schon: der Dietmar ist nur eine erdachte Figur. Ich habe dieser Figur doch nur eine Anlage, die ich immer an mir beobachtet habe, mitgegeben.

Die sieht aber gut aus, hörte er den Schwätzer sagen. Wer? Na, die Blonde natürlich. Mir wäre sie zu klein. Ich mag groß gewachsene Frauen. Der Mann, mit dem sie tanzt, ist übrigens Spanier, den kenne ich, ein Draufgänger. Er ist hier bekannt für seinen Frauenverschleiß. Aber die Frauen hier mögen ihn. Er hat immer Erfolg.

Er hat, was Frauen angeht, wohl besondere Qualitäten, sagte Dietmar, nur um etwas zu sagen.

Er suchte mit seinen Augen die Tanzfläche nach der jungen Frau ab. Wo war sie? War sie schon dem Charme des Spaniers erlegen? Jetzt tauchte sie wieder auf. Dieses Gesicht, diese charmante Ausstrahlung, die von ihm ausging, ihre frische Erscheinung. Würde sie ihm noch einen zweiten Blick zuwerfen – so eindringlich, so warm wie vorhin?

Als das Paar in seine Nähe kam und er ihre Augen suchte, da musste er enttäuscht feststellen, dass sie gerade in ein Gespräch mit ihrem spanischen Partner vertieft war. Er wandte seinen Blick von den beiden. Schon wollte er sich wieder in seine vertraute Nische eines resignativen Abstandes zu Mensch und Welt zurückziehen, als er neugierig und in der stillen Hoffnung, es könne sich wiederholen was er erlebt hatte, noch einmal aufblickte. Ein jähes Erschrecken überfiel ihn. Er sah die beiden ganz in seiner Nähe tanzen. Der Spanier hatte ihm den Rücken zugewandt, widmete sich eindringlich seiner Partnerin. Das schloss Dietmar aus der Kopfhaltung des Mannes. Aber ihr Gesicht – ihr Gesicht war ihm, Dietmar, voll zugewendet. Sie lächelte zu ihm hinüber und so geschickt, dass selbst der alte Charmeur, der sie im Arm hielt, davon anscheinend nichts mitbekam. Vielleicht bezog er auch ihr Lächeln auf sich selbst. Aber der lachende Mund und die lustigen Augen, die auf Dietmar gerichtet waren, konnten nur eines signalisieren: dich mag ich, dich finde ich sympathisch. Für Dietmar, den Gehemmten, war es wie eine Befreiung aus einer traurigen Fessel.

Er war in seinem Inneren zutiefst getroffen. Ein Gefühl von Glück und Wehmut zugleich überfiel ihn.

Welch ein Glück wäre es, diese Frau in dieser Nacht nach Hause begleiten zu dürfen. Er träumte. Sie würde sich an ihn schmiegen und immer wieder sagen, wie gern sie ihn habe. Der schwatzhafte Sven an seinem Tisch hatte sich vor seinen Augen aufgelöst. Dietmar hörte einen anderen sprechen: den romantischen Träumer in ihm. Er flüsterte: siehst du nicht, dass dein bisheriges Leben leer war. Ich bin gekommen, dir ein wahres Leben zu schenken. Ich möchte dir helfen. Ein Engel war es, der so sprach. Ein Engel in der Gestalt der kleinen blonden Frau.

Ich bin gerührt. Aber es klingt mir zu sentimental, fast trivial. Das musst du schlichter formulieren.

Aber ich empfand so. Ich erinnere mich. Aber hör nur weiter zu.

In diesem Augenblick trat der Kellner an den Tisch, brachte die gewünschten Getränke. Er verdeckte mit seinen geschäftigen Bewegungen den Blick auf die Tanzenden.

Svens laute Stimme weckte Dietmar aus seinen Träumen. Na endlich gibt es was zu Saufen. Er griff nach dem Cognacglas. Trinken wir auf die Weiber. Dietmar hob mechanisch sein Glas. Seine Gedanken waren noch in weiter Ferne. Er antwortete nicht.

Engelfried sah von seinem Manuskript auf. Weiter bin ich mit meiner Erzählung nicht gekommen. In den nächsten Minuten sollst du in

Erscheinung treten. Aber wie?

Ich kann dir dabei nicht helfen.

Ich dachte an eine Damenwahl. In dieser Art von Lokalen ist es Brauch, jede Stunde oder auch alle zwei den Damen auch einmal die Möglichkeit zu geben, die Herren aufzufordern.

Ich verstehe. Und dann willst du mich auf deinen Dietmar loslassen.

Ja. Du hast ihn instinktiv in seiner Schüchternheit durchschaut. Er tut dir mit seinem hilflos-traurigen Gesicht ein wenig leid. Aber die Sympathie überwiegt bei weitem und du entschließt dich, ihn bei der Damenwahl aufzufordern. Mein Dietmar ist benommen vor Glück. Ihr tanzt noch einige Male und er bittet dich um ein Wiedersehen.

Na, wenn das kein Konzept ist.

Du brichst am besten deine Erzählung hier ab.

Warum?

Unser Kennenlernen hast du angedeutet. Wenn du jetzt weiterfabulierst, legt sich die schmierige Atmosphäre dieses Lokals über unsere Erinnerung. Das will ich nicht.

Was mache ich denn mit Sven?

Vergiss ihn. Aber sag mal ... da war doch noch was mit einer gewissen Stefanie ... Sie war deine Schülerin. Hast du mir nicht von einer Affäre mit ihr erzählt?

Das lag doch lange vor unserem Glück.

Ja, ich weiß. Wie wäre es, wenn du deine Erlebnisse mit dieser Schülerin in einer Fortsetzung deiner Erzählung verarbeiten würdest. Sie sind doch ein Kapital, von dem du leben kannst. Zunächst ein inneres Kapital: dein Erlebnisstoff. Aber auch ein materielles. Du weißt doch, Stefanie Ohrt ist heute eine Prominente. Wir erleben sie als Tagesschausprecherin. Jeder würde sie in deinem Buch wiedererkennen. Das spricht sich herum und steigert den Umsatz.

Ich kann und will mich nicht erinnern. Helle Sommerabende können zur Qual werden, wenn man unglücklich verliebt ist. Wir haben uns zweimal getroffen und geküsst, mehr war nicht, keine Affäre. Stell dir vor: das lange Wochenende liegt vor dir als Lehrer, und du siehst in

Gedanken das Mädchen, nach dem du dich sehnst, in den Armen eines ihrer Mitschüler. Keiner ahnt, dass du, der Lehrer, so leiden musst. Diese Qualen werde ich nie in einem Roman verarbeiten können, schon gar nicht jetzt.

Birgit schwieg und lächelte, anscheinend ungläubig.

Ich mag nicht erinnert werden. Diese Tage erlebte ich wie eine Folter. Erschütterung durch eine aussichtslose Liebe bedrohte mich bis zur Selbstauflösung.

Ich mache dir einen Vorschlag. Du brichst deine Erzählung hier einfach ab. Wir schicken sie an einen Verlag und die Leser können sie weitererzählen.

Was heißt das?

Na ganz einfach: andere sollen sie zu Ende fabulieren.

Ich verstehe immer noch nicht.

Die Leser schicken das von ihnen selbst phantasievoll Erdachte ein. Vielleicht zu einem Wettbewerb, zu einem Preisausschreiben. Eine fachmännische Jury erklärt dann einen der Einsender zum Sieger.

So etwas gibt es doch.

24

Engelfried war wieder einmal mit sich unzufrieden. Das schöne Gefühl, kreativ zu sein, war verflogen. Missmutig saß er vor dem Fernseher, drückte, wie schon so oft, wahllos die Fernbedienung. Zu sehen gab es einen Ausschnitt vom 36. Roland-Walser-Wettbewerb in Graz.

Der erste Juror: Ich finde den Text erstaunlich unterschiedlich. Er wirkt auf mich an manchen Passagen klischeehaft. Aber wir müssen wahrscheinlich ungerecht sein. Es liegt uns nur ein Ausschnitt vor, wir kennen das Ganze nicht.

Eine Jurorin: Das Bemerkenswerte in diesem Buch scheint eine nicht nur geschickte, sondern geradezu geübte Kunst der Verschränkung.

In dem Maße, wie dem Autor die Gesamtkomposition entgleitet, häufen sich die bloßen Mitteilungen.

Ein zweiter Juror: Ich möchte den Text ein wenig in Schutz nehmen. Er erklärt zu viel, das ist allerdings seine Schwäche.

Eine zweite Jurorin: Mir gefällt der Text. Ich finde ihn lustig und sehr subtil. Nur: die Fliege in der Nase der Leiche hat mich gestört. Das ist mir zu grob.

Ein dritter Juror: Mir ist der Text nicht doppelbödig genug. Ich sehe zu wenig, wo das Abgründige ist.

Eine dritte Jurorin: Ich möchte meiner Ratlosigkeit Ausdruck geben. Die Absätze sacken weg, ohne etwas Nachhaltiges zu hinterlassen.

Eine andere Jurorin: Ist der Anfall, der erzählt wird, normal? Darüber muss ich nachdenken.

Der erste Juror: Verehrte Kollegin, ich kann Ihnen da weiterhelfen.

Engelfried wechselte den Kanal.

Dieser brachte eine Sendung, die sich „Besuch beim Psychologen" nannte. Das Thema heute: Mensch im Konflikt mit sich selbst. Ein Patient berichtete:

Ich war ein Voyeur. Eine therapeutische Behandlung hat mich geheilt.

Der Neurose lag ein Urerlebnis zugrunde. Aber welches? Es muss ein die erotische Phantasie anregendes Erlebnis während der Pubertät gewesen sein, das den zwanghaften Wunsch nach Wiederholung zur Folge hatte.

Es ging um alle erreichbaren Tennisplätze. Heute bin ich von der Krankheit geheilt. Vielleicht beruht der Verzicht auch nur auf Resignation, aus ständigem Frust hervorgegangen. Eine lange Zeit ohne „Beute" mag eine Art Ermüdung hervorgerufen haben.

Es ging immer um die fast manische Hoffnung, ein junges Mädchen, eine junge Frau auf Tennisplätzen beobachten zu können, wenn ihr kurzer Rock beim Bücken oder beim Springen nach dem Ball so sehr hochschlug oder auch vom Wind gehoben wurde, dass ein kleiner

Slip zum Vorschein kam, der so mini war, dass er die Pobacken zur Geltung brachte.

Es ging darum, heimlich zu beobachten, sich auf gewundenen Pfaden unbemerkt heranzuschleichen. Die Spielerin durfte natürlich nichts ahnen, sich nicht beobachtet fühlen.

Eine im Grunde harmlose Perversion oder Verklemmtheit, nicht ungefährlich für den Spanner, weil sie peinliche Folgen haben kann. Die Zwangshandlung wird von einem schlechten Gewissen begleitet, vor allem von der Angst, entdeckt und dann zur Rede gestellt zu werden.

Bei diesem Verhalten war mein Ich gespalten. Es bestand gleichsam aus zwei Teilen. Der eine war sich der Unwürde bewusst, empfand die Unfreiheit, sah dem zweiten, zwanggesteuerten Ich mit Schamgefühl oder auch kalter Neugierde zu, ohne eingreifen zu können in dem Sinne, dass dieser Teil des Ich den triebhaft gesteuerten hätte domestizieren können.

Dieses beobachtende Ich, welches das Unwürdige, ja Demütigende eines derartigen Verhaltens empfand, konnte keine Herrschaft über das andere Ich gewinnen, das unter dem Joch eines Zwanges stand.

Das zwanghafte Verhalten des Voyeurs, der zur Befriedigung seines dunklen Triebes bereit ist, gewaltige Strapazen und halsbrecherische Gefahren auf sich zu nehmen, beweist, dass ein starker sinnlicher Trieb in einer entscheidenden Phase des Lebens nicht sich hat ausleben können und deshalb zu einer früheren Stufe ständig zurückkehren muss, um diese peinlich entwürdigend zu wiederholen.

25

Engelfried ging durch den Stadtpark. Er setzte sich auf eine Bank die von einer Rotbuche beschattet wurde. Er sah weder die Schönheit der Buche noch die des Parks. Er wollte über sich nachdenken und deswegen in sich hineinhorchen.

Befand er sich nicht schon wieder in einer Krise seines Lebens? Bestand nicht die Gefahr, dass diese zur Dauerkrise würde?

Aber die Menschen, die an ihm vorbeizogen, störten, hinderten ihn, sich einer Meditation hinzugeben.

Er erhob sich und steuerte dem Parkausgang zu. Wo fand er die Ruhe, die er brauchte, um über sein Dasein nachdenken zu können.

Er irrte durch lange Straßen, die von strengen grauen Mietshäusern gesäumt wurden, und blieb schließlich vor einem Gebäude stehen, das er noch nicht kannte. Es erinnerte an das Aussehen einer Schule. Die Fenster waren erleuchtet und warfen einen hellen Schein auf die Straße. Es ging gegen Abend, und rings um das Haus herrschte Dunkelheit. Am Eingang sah er ein Plakat, auf dem ein Vortrag angekündigt war: Anleitung, ein glückliches Leben zu führen.

Sein Instinkt führte ihn in einen Saal, in dem schon viele Menschen saßen. Am Ende des langgestreckten Raumes, der wohl der Schule als Aula diente, befand sich eine Bühne. Ein älterer Mann mit einem kantigen Gesicht, das von weißen Haarsträhnen umrahmt war, stand dort vor einem Pult und hielt eine Rede.

Es ist ein großer Irrtum zu meinen, wir würden die Tiefe unserer Seele kennen, sagte der Alte. Sie ist den meisten unbekannt. Er habe es sich zur Aufgabe gemacht, seinen Zuhörern den Kern des Hinduismus nahe zu bringen.

Viele von ihnen hätten in ihrem Leben sicher schon Demütigungen erfahren. Enttäuschungen auch. Wut sei zum Beispiel eine verständliche Reaktion auf Kränkungen. Aber zufrieden oder gar glücklich würde man nicht, wenn man sich so verhielte. Eine grenzenlose Geduld sei vielmehr vonnöten. Der Hindu wolle Böses mit Gutem vergelten, das sei sein Ziel. Der Weg dorthin sei allerdings lang und steinig.

Er könnte von Menschen erzählen, die ihren Wohnort und ihre Angehörigen verlassen hätten, um in der Einsamkeit sich der stillen Betrachtung hinzugeben.

Engelfried wollte schon den Saal wieder verlassen, als er auf eine Äußerung des Mannes aufmerksam wurde.

Die meisten Menschen in der westlichen Zivilisation sind einsam, ohne jede religiöse Heimat. Sie leben isoliert nebeneinander her.

Engelfried fühlte sich persönlich angesprochen und nahm auf einem der noch leer stehenden Stühle Platz.

Glücklich, fuhr der Redner fort, würde man nur in der Liebe zum Nächsten mit völliger Verleugnung der Selbstliebe. Die Liebe umfasse alles Lebende. Wohltätig solle man sein bis zum Weggeben des täglich Erworbenen. Die meisten Menschen seien arme, in den Täuschungen des Diesseits befangene Wesen. Außerdem seien viele von ihnen hochmütig und machten sich selbst zum Höchsten. Wer sich keinen Regeln unterwerfe, bleibe sein Leben lang ein einsamer, jeder übersinnlichen Heimat beraubter Mensch.

26

Zwischenstation in Burgund. Engelfried sah aus einem Hotelfenster.

Ihm gegenüber befand sich ein orangefarbenes, hell erleuchtetes Restaurant, das Billig-Menus anpries, dann ein Truck-Center, hinter dem Züge vorbeirauschten. Bei grellem Licht konnte man eine Familie sitzen sehen, deren Kinder sich Pommes in den Mund stopften. Warme Regenschauer prasselten auf den Asphalt. Pfützen bildeten sich. Man sah Fernfahrer, welche hier die Nacht verbringen wollten. Absätze klapperten auf dem Straßenpflaster unter ihm. In den Pfützen spiegelten sich die Lichter der Bogenlampen.

Eine komische Vorstellung zuckte Engelfried durch den Kopf: man möchte sich in eine der ölig glatten Pfützen legen und schreien – oder vielleicht lachen. Ja, vielleicht nur lachen über die Ahnungslosigkeit unserer Zeit. Aber muss sie nicht so sein? Sie kann nicht anders. Es gibt keine Wahl.

Die Pfützen, die sich auf der asphaltierten Straße gebildet hatten, reflektierten mit ihrem grellen Licht für ihn die stumpfe Ausweglosigkeit unserer Endzeit.

Ein Fahrer kletterte in sein Führerhaus, ließ den Motor an und fuhr hinaus in die dunkle Nacht voller Nebel und Regenschleier. Ein anderer kurvte mit seinem Koloss um die hohen Lichtmasten, deren Lampen alles in ein gelbes fahles Licht tauchten. Im gelben Lichtkegel dieser Lampen erschien der Platz endlos und verloren.

Engelfried wandte seinen Blick vom Fenster zurück in das Innere des Zimmers.

Wir haben das Reisen zum Inhalt unseres Lebens gemacht, hatte Birgit gesagt. Sie hatte sich heute schon früh schlafen gelegt. Morgen werden wir unter einem Walnussbaum neben Weinhügeln frühstücken. Sie hatten sich das fest vorgenommen.

Unter ihm auf dem Gehsteig lag ein Penner, der seine Flasche, die er in der Hand hielt, liebevoll betrachtete wie eine Braut zur Hochzeit. Einsame Männer laufen zu Huren, um sich bei ihnen auszuweinen, dachte Engelfried. Wenn man erlebt, wie der Tod andere zum Tanz auffordert, schaudert es einen. – Für kurze Zeit wird das Bewusstsein von der eigenen Endlichkeit erhellt. In den nächsten Wochen will ich Abschied nehmen von Stationen, von denen ich schon längst in Raten Abschied genommen habe. Das Reisen widert mich an. Soll Birgit doch in Zukunft allein fahren.

Heute Nachmittag in Dijon. Die alten Plätze, das Restaurant, der Brunnen, an dem ich Birgit vor zwei Jahren fotografierte. Die Kirchenfassade mit den wasserspeienden Dämonen. Die Krypta von St. Benigne.

Die vergangene Zeit wird zu einem neuen Leben, zu einem beglückenden Nacherleben erweckt. Birgit glaubte an ihre Worte. Wir steigen aus, lassen die Gegenwart zurück, leben in Augenblicken, da wir noch ganz jung waren.

Er konnte so etwas nicht mehr hören. Es gab eine Entfremdung zwischen ihnen beiden, schon seit einiger Zeit.

Der Aligoté schmeckte warm und abgestanden. Ich lebe immer in der Angst, von Menschen gekränkt zu werden. Menschen, die ich aus früherer Zeit kenne, konfrontieren mich mit der Vergänglichkeit, in der ich mich widergespiegelt sehe. Das gilt nicht für die Natur, nicht für Landschaften und Wälder.

Er starrte hinaus in den Regenschleier, der sich vor das Gelb der Lampen legte. In vieler Hinsicht ist Birgit naiv, dachte er. Naivität ist wie eine Ozonschicht, die schützt vor den Strahlen der gleißenden brutalen Nüchternheit. Sie fehlt mir, diese Schicht.

Du bist einer, der mit sich ringt, der es sich nicht leicht macht. Darauf kannst du stolz sein. Das hatte sie heute auch gesagt. Es gab Augenblicke, da Engelfried noch Liebe für sie empfand.

27

Szenen aus dem Fernsehen. Die Frau erzählte einem Reporter: Die Kids waren alle betrunken, grölten. Eine Frau an meinem Tisch rissen sie zu Boden. Dem Mann neben ihr schlugen sie ins Gesicht. Zwei von ihnen wollten mich zwingen, einen Joint zu rauchen. Als ich mich wehrte, setzte sich einer von ihnen auf meinen Schoß. Er blies mir den Rauch ins Gesicht. Dann zog sich einer nackt aus, setzte sich auf den Tisch. Ein anderer stieß mir seinen Ellenbogen in die Seite. Als ich schimpfte, schrie er: Halt die Schnauze, du alte Sau. Die Kids plünderten die Bar. Schaffner und Kellner waren machtlos. Ein Sprecher der Bahn später: Wir prüfen den Vorfall.

Ein Politiker. Ich werde gefragt: Was können wir lernen? Ich habe eine klare Antwort: Man muss als Staatsbürger rechtzeitig gegen Unmenschlichkeit und Willkür sich zur Wehr setzen. Man muss für die Menschenrechte eintreten, auch wenn man dadurch Nachteile in Kauf nehmen muss. Ein wichtiger Begriff: Zivilcourage. Das bedeutet, aktiv gegen den Strom zu schwimmen, eine eigene Meinung zu vertreten. Unterschriftenaktionen und Lichterketten reichen nicht aus.

Im Spätprogramm. Erinnerung an den Zweiten Weltkrieg. Vor Stalingrad. Feldpost. Januar 1943.
Liebe Christine, unsere Lage ist aussichtslos. Wir sind eingeschlossen. Wir wollen auf Post verzichten, wenn dafür ein Brot mehr von unseren Lufttransportern gebracht wird oder ein Medikament, das einem Verwundeten helfen kann.
Liebe Elke, wenn du diese Zeilen erhältst, wird sich mein Schicksal schon erfüllt haben. Liebes, sei tapfer. Wir waren so glücklich, bevor ich in den Krieg zog. Ich denke immer an dich und den Jungen. Sei nicht traurig. Wende deine Liebe und deine Kraft Martin zu. Danke für deine Liebe.

28

Ein Schulfest. Edelzwicker, Torten, Tombola: Lose für Grillwürste. Kultureller Höhepunkt des Festes: zwei Schüler (Klavier und Geige) spielen „Im Prater blühen wieder die Bäume". Himbeertorte, Schwarzwälder Kirsch. Pflaumenkuchen im Sonderangebot. Überall Mütter, die helfen. Ein Schüler liest Boulevard. Überschrift: sechs Leichen im Edelbordell gefunden. Ich mag nur Schwarzwälder, sagt ein Zwölfjähriger. Neue Biersorte wird angepriesen. Ein Vater, der als Vertreter seiner Firma einige Kisten kostenlos zur Verfügung stellt. Ein Höhepunkt: Kinderbilder der Lehrer werden ausgestellt. Die Schüler sollen erkennen, wer sich dahinter verbirgt. Einige Mütter in Trachtenkleidung stehen in einer Reihe, sie backen Apfelbällchen nach Großmutter-Art. In einem der ausgeräumten Klassenzimmer werfen sie mit Tennisbällen nach leeren Cocadosen. Musik dröhnt aus Verstärkerbox.
Ein Lehrer, der sich kritisch gibt: Was manche für modern halten, ist nur Anpassung an einen modischen Zeitgeist.
Birgit: Es stimmt. Viele Lehrer können Schüler nur noch mit seichten Reizen beschwichtigen.

Birgit leitet eine Theater-AG. Für das Fest hat sie mit Schülern einer Abschlussklasse einen Sketch eingeübt. Sie hat ihn selbst zusammen mit Schülern geschrieben. Seit Wochen haben sie geprobt. Birgit ist stolz und ein wenig aufgeregt.
Vater und Sohn
Wann bist du eigentlich nach Hause gekommen? Heute morgen um fünf?
Keine Ahnung, hab nicht auf die Uhr geschaut.
Aber ich weiß es.
So. Und warum fragst du dann? Warum interessiert dich das überhaupt?
Du gehst übrigens morgen mit zu Oma Lilly, ich bestehe darauf.
Ich glaub nicht, dass ich mitgehe.

Alle sind da. Onkel Engelfried und Tante Birgit.

Mich interessiert das Geschwätz nicht. Klamotten, Autos, Geld. Es gibt noch andere Sachen.

Deine Mutter und ich bitten dich. Es ist einmal im Jahr. Wir können nicht immer nur das tun, wozu wir gerade Lust haben.

Ich hab schon etwas vor. Worüber ihr redet, interessiert mich nicht.

Interessiert dich überhaupt etwas? Du kommest, wann du willst, du gehst, wann du willst. Mama macht sich große Sorgen, wo du dich herumtreibst.

Herumtreibst!

Noch lebst du mit uns unter einem Dach. Wir sorgen uns um dich, dazu haben wir ein Recht. Wenn du willst, ein menschliches Recht.

Ich werde 17. Ihr könnt nicht mehr über mich verfügen. Ich will endlich mein eigenes Leben führen. Ich will mich endlich frei fühlen. Ja, frei. Mama ist eine Glucke. „Pressing mother" heißt das auf Englisch. Ich hab mich immer eingeengt gefühlt, so ... so unterdrückt.

Du bist ungerecht. Wir haben alles für dich getan, tun es heute noch.

Das habe ich schon hundert mal gehört, ich kann es nicht mehr hören. Gleich kommt: Mama liebt dich. Gut, gut, das kann ja sein, aber sie lässt mich nicht leben. Ihr nehmt mir beide die Luft zum Atmen. Ich hasse diese miefige spießige Atmosphäre. Warum willst du wissen, wann ich nach Hause gekommen bin? Warum fragst du überhaupt?

Du wohnst doch noch bei uns. Wir sind eine Familie. Du bist unser Sohn, und Eltern interessieren sich nun mal für ihre Kinder. Verstehst du nicht, dass Mama und ich an deinem Fortkommen interessiert sind?

Ich treibe mich nicht herum. Das ist schon so ein ekelhafter Vorwurf. Ich jobbe. Ja, ich jobbe in einer Disco. Ich verdiene mir Geld, um hier bei euch endlich rauszukommen. Ich spare Geld für eine Wohnung.

Eine Wohnung. Weißt du, was die kostet?

Ich denke nicht an eine Eigentumswohnung.

Unsinn. Eigentum. Von einer Mietwohnung spreche ich. Weißt du, wie teuer die Mieten sind? Antworte mir, wenn du eine Ahnung hast. Wie teuer sind die Mieten?

Keine Ahnung. Es kommt doch darauf an, wo ...

Na also, keine Ahnung. Du bist weltfremd. Wir haben dir alles abgenommen. Erkundige dich mal, wie hoch die Mieten sind.

Will ich ja gar nicht wissen. Warum redest du. Ich schaff das schon. Ich spiele in einer Band, da kriegen wir auch etwas Geld.

Dein Bruder Michael studiert. Wie strebsam der ist. Du solltest dich auf deinen Schulabschluss konzentrieren.

Mich kotzt das an, immer er. Guck dir mal sein Abi-Zeugnis an. Ich bin nun mal nicht er, nicht der tüchtige herrliche Michael. Ihr habt mich Lars getauft, und das ist ein ganz anderer Typ.

Michael hat Mama und mir nur Freude gemacht.

Ja ja, ich weiß, er war immer anders. Ich brauch kein Abitur, um meine Ziele zu erreichen.

Was hast du schon für Ziele?

Ich komme schon so durch. Der große herrliche Bruder geht seinen Weg und ich den meinen. Könnt ihr das nicht endlich begreifen?

Deine Leistungen in der Schule sind miserabel.

Na wenn schon, dann sind sie es eben. Ihr widert mich an, ihr und euer spießiges Leben. Ihr macht euch eine Vorstellung von mir, und wenn ich der nicht entspreche, bin ich in euren Augen ein Versager. Findest du nicht, dass ihr es euch ein wenig leicht macht? Na gut, ist mir auch egal. Ich fühle mich sehr wohl als Versager.

Die Mutter kommt hinzu: Wir bitten dich um einen Gefallen und du verhältst dich trotzig. Oma Lilly freut sich, wenn sie dich mal sieht. Wir lieben dich doch, wollen dein Bestes. Es gibt so viele in deinem Alter, die trinken, Drogen nehmen. Versteh doch, wenn wir uns Sorgen machen.

Die Mutter spricht milde.

Der Vater: Dreh dich zu uns um. Ich möchte, dass du uns ansiehst, wenn wir miteinander sprechen.

Ihr sprecht so künstlich, von oben herab. Ihr geht mir auf die Nerven.

Selbst wenn ich wollte, ich kann morgen nicht mitgehen, ich bin schon verabredet.

Du bist jedes Jahr mitgekommen, und jetzt ... Du willst kein Abitur, treibst dich nächtelang in Lokalen rum.

Ich treib mich nicht rum, ich arbeite, begreift das endlich.

An welche Ausbildung denkst du eigentlich? Willst du später von Sozialhilfe leben?

Die Mutter: Lars, dein Vater hat eine Nachricht von deiner Schule erhalten. Du schwänzt den Unterricht. Das hast du früher schon einmal getan. Aber jetzt bleibst du tagelang von der Schule fern, ohne Entschuldigung. Wir wissen Bescheid. Und du hast noch etwas Schlimmes gemacht: die Unterschrift gefälscht.

Plötzlich schreit Lars die Mutter an: du bist ja noch schlimmer als er.

Der Vater bekommt ein rotes Gesicht.

Du wohnst bei uns, Mutter kocht für dich, und was ist der Dank! Wir sehen und hören nichts von dir. Dies ist nur eine Schlafstätte für dich. Überleg mal, wie du deine Mutter behandelst. Du benimmst dich wie ein Schuft. Mutter und mir bereitest du nur Kummer.

„Schuft" hatte der Alte gesagt. Der Ausdruck lag noch in der Luft. Lars fuchtelt mit den Armen, er ist bitter. Er schreit, schreit: nein, ihr seid ... Plötzlich schießen ihm die Tränen in die Augen.

Ich kann euch nicht mehr sehen. Ihr wisst gar nichts.

Der Vater schweigt, schleppt sich zu einem Stuhl, in den er sich fallen lässt. Lars läuft aus dem Haus.

Verhaltener, freundlicher Applaus. Er wird etwas stärker, als die Schüler sich vor dem Publikum verbeugen.

Birgit ist ein wenig enttäuscht. Sie weiß auch nicht, warum. Später sagt sie zu Engelfried: Es sollte auch ein Lehrstück für Eltern sein, die ein Kind vorziehen und dieses dann einem anderen, dessen Verhalten nicht ihren Vorstellungen entspricht, als Vorbild vor Augen führen. Das hätte ich noch besser herausarbeiten müssen.

Zweiter Teil

1

Birgit sucht den Arzt auf, welcher eine Frühpensionierung ihres Engelfried Jahre zuvor befürwortet hatte: den Psychiater Professor Autenrieth. Er sagt:

Aber ja, ich erinnere mich an Ihren Mann. Es geht ihm nicht gut, sagen Sie. Und Sie möchten, dass er meine Hilfe in Anspruch nimmt.

Ja, ich möchte, dass er sich mit Ihnen berät. Er hat Probleme, steckt in einer tiefen Krise. Fachmännische Hilfe ist meine letzte Hoffnung.

Professor Autenrieth: Meine Patienten berichten von einer Krise, die sich auf die Frage nach dem Sinn ihres Lebens bezieht. Viele von ihnen sind erfolgreich in ihrem Beruf. Trotzdem klagen sie über den empfundenen Mangel einer Aufgabe, in der sie etwas Besonderes leisten könnten, zu der sie sich berufen fühlen. Meine Patienten befinden sich in einer geistigen Not, aus der sie keinen Ausweg sehen. Das macht sie seelisch krank.

Mein großer Lehrer Victor E. Frankl sprach in diesen Fällen von einer noogenen Neurose. Diese Menschen quälen sich mit der Angst vor der letzten Frage, die sich einmal stellen könnte, am Ende des Lebens: Hat mein Leben einen Sinn gehabt?

Wir Ärzte müssen gegenüber unseren Patienten Gegenargumente wagen. Mit einer medikamentösen oder nur psychotherapeutischen Behandlung treffen wir nicht den Kern des Problems. Wir dürfen die geistige Ebene nicht verlassen, wenn wir mit den Patienten diskutieren. Mancher von ihnen zweifelt nicht nur zeitweilig am Sinn seines Lebens, sondern verzweifelt darüber hinaus und ist stark suizidgefährdet. Das könnte, nach dem zu urteilen, was Sie mir erzählt haben, auch für Ihren Mann gelten. Sehr wichtig ist, Frau Leiser, dem Leidenden klar zu machen, dass seine Not die der ganzen Menschheit ist. Er muss wissen, dass er nicht allein ist mit seinem Problem und dass dieses ein Ausdruck, ja Beweis einer besonderen intellektuellen Sensibilität ist, auf die er stolz sein darf.

Ich versuche, durch eine Zusammenführung von Patienten, bei denen es sich um ähnliche Fälle handelt, das Bewusstsein zu stärken, dass man mit seiner Not nicht allein auf der Welt ist.

Ist Ihnen ein Herr Robert Wilnius bekannt? Nein? Merkwürdig. Herr Wilnius ist mein Patient und erzählte, er habe sich einmal mit Ihrem Mann im Hause Urweider getroffen und sich dort während eines geselligen Beisammenseins mit ihm unterhalten.

2

Birgit ist einer Einladung zu einer Party gefolgt. Engelfried blieb zu Hause.

Er erinnert mich an Tiere, die sich in einer Höhle verkriechen, um dort zu sterben, dachte sie. Sie hatte sich auf eine lustige Geselligkeit gefreut. Aber es kam anders als sie vermutet hatte.

Die Gäste standen im Garten eines Reihenhauses plaudernd beieinander und stießen mit Sektgläsern an. Ein großer Rasen zog sich in sanfter Neigung bis zu einem kleinen Gehölz hinunter. Birgit stieß auf eine Gruppe laut redender Frauen und mischte sich unter sie. Die Männer standen abseits.

Wir sind glücklich ohne Kinder. Wir wollen keine, sagte Birgit.

Sehr modern. Sie gehören einer Gesellschaft an, welche den individuellen Lebensentwurf propagiert, sagte eine Frau Reisinger mit leicht ironischem Unterton. Sie trug ein Kleid, das die üppigen Konturen ihres Körpers verbarg. Ein Kind ist anstrengend, schreit manchmal drei Stunden. Eine ziemliche Belastung.

Eine zweite Frau: Viele Partnerschaften sind in der Zeit nach der Geburt des Kindes zerbrochen.

Ich wollte nicht irgendein Kind, nur ein Kind von meinem Freund, sagte eine andere Frau. Offene Haare flossen ihr über die Schultern.

Eine Frau, zierlich und blond, sagte ernst: Es gibt Ehen, die am unerfüllten Kinderwunsch scheitern. Ich kann mir kein Leben mit

Kind vorstellen. Meine Lebensplanung ändern, meinen Job reduzieren. Furchtbar. Ich muss ständig unter Leuten sein und Kontakte knüpfen.

Birgit sagte: Ein Kind mit seinen Problemen – ich bin mir selbst ein Problem. Und mein Mann erst. Mit ihm habe ich schon ein Problemkind im Haus.

Später umkreisten sie in dicht gedrängter Reihe den Tisch, beluden sich ihre Teller mit Köstlichkeiten.

Nein, dieses Mal hatte sie sich nicht besonders wohl gefühlt, dachte Birgit, als sie in der Taxe nach Hause fuhr.

3

Nach seinem Suizidversuch war der gescheiterte Schriftsteller Robert Wilnius in therapeutischer Behandlung bei Professor Autenrieth. Den Lesern ist Wilnius bekannt von seinen Tagebuchaufzeichnungen: „Jahre eines Unbehausten", welche sein Freund Hans Urweider herausgab.

Wilnius bei Professor Autenrieth. Abends sah ich immer aus wie einer der Moselschiffer auf dem Schiff von Neumagen: glasiger Blick, leicht schwankender Gang, mit dem Gefühl, innerlich zu schweben. Die Konturen verschwimmen vor dem Auge. Ein Schleier zwischen Ich und Umwelt. Man fühlt sich souverän, gelöst. Die Realität gleitet unter den Füßen bei beschwingtem Gang davon. Ein Gefühl von Mächtigkeit.

Ich fragte jede Zugbegleiterin, ob sie mir helfen könne, ich hätte Depressionen. Auf jeder Reise hatte ich ein Gefühl, als schaukelte der Zug hin und her und sei jeden Augenblick in Gefahr, eine Böschung hinunter zu stürzen.

In Weinlokalen habe ich vor allen Menschen Reden gehalten, obwohl ich von Haus aus scheu bin. An den Tischen nickte man mir zu. Mein Thema: der Mensch ist unheilbar religiös. In meinem betrunkenen Zustand sprach ich laut und aufdringlich darüber vor allen anwesenden Gästen. Hätte mir das jemand am Tage darauf erzählt, ich hätte ihn für verrückt gehalten. Heute weiß ich natürlich, dass es so war.

Der Rausch dient der Selbstvergessenheit. Wann hat es ein Mensch nötig, sich selbst zu vergessen? Jemand spürt sein Selbst und erträgt es vielleicht nicht. Das Quälerische, dessen Ursache unklar sein kann, weckt den Wunsch nach einem Sich-selbst-vergessen-Können. Man kann sein Selbst nicht auslöschen, aber es vielleicht verdrängen. Nur im Tode lässt sich ein Selbst auslöschen. Der Rausch ist eine Art der Betäubung. Das Selbst kann auch in einem Gefühl von Leere wahrgenommen werden. Dann dient der Rausch dazu, ein Vakuum zu betäuben. In jedem Falle wird ein bestimmter Bewusstseinszustand betäubt. Bei einem schwierigen Selbst ist der Drang zur Betäubung immer besonders groß.

4

Engelfried Leiser bei Professor Autenrieth. Ich träume vor mich hin oder führe endlose Selbstgespräche. Es ist der einzige Lichtblick in all dieser Düsternis.

Durch den Vortrag eines Hinduisten und eines sich daran anschließenden persönlichen Gesprächs mit dem Mann entschloss ich mich zu einer neuen Lebenseinstellung. Ich begab mich auf einen Weg, der meinem schon lange vorhandenen Wunsch, zu den Mitmenschen bessere Beziehungen herzustellen, entsprach.

Zunächst nur als ein von einer gewissen Skepsis begleiteter Versuch gedacht, führten Gewohnheiten dann schließlich dazu, meine Lebenseinstellung so zu verwandeln, dass ich zufriedener wurde. Ich war entschlossen, die Worte dieses Mannes in die Tat umzusetzen. Wie gesagt, es sollte nur ein Experiment sein. Er sagte: Wir werden stärker, wenn wir die normalen Schwächen, die wir mit unseren Mitmenschen teilen, überwinden. Mit dem Bewusstsein einer Stärke wird unser Herz von einer nie geahnten Freude erfasst. Teilen Sie, was Sie besitzen, schenken Sie, geben Sie mehr als dass Sie nehmen. Sie werden glücklicher. Besitz macht unfroh. Das Unfrohsein hindert Sie am Genuss dessen, was Sie besitzen.

Ich versuchte, mein Leben zu ändern. Ich suchte zum Beispiel die Gelegenheit, eine alte Dame über den Fußgängerstreifen zu führen. Ich bot mich an, wenn es Not war, ein stehengebliebenes Auto mit anzuschieben. Vorher war ich achtlos vorbeigegangen, wenn ich derartiges bemerkte. Einem Bettler Almosen zu schenken wurde mir zum Bedürfnis. Wie wohl es tat, wenn dieser mir dankbar zulächelte.

Meine Höflichkeit, meine Hilfsbereitschaft kannten keine Grenzen. Im Zugabteil wechselte ich unaufgefordert den Platz, wenn ich es dadurch einem Paar ermöglichte nebeneinander zu sitzen. Ihre freudige Überraschung deutete mir an, wie selten das in unserer Zeit vorkommen mochte. Selbstverständlich bot ich in einem vollen Zug einer älteren Person sofort meinen Platz an. Stellen Sie sich die überraschten Blicke vor, die ich von allen Seiten auf mich gerichtet sah. Die Lust Gutes zu tun, überkam mich wie ein Rausch.

Ich war dankbar, wenn ich die Gelegenheit bekam, einen Blinden zwischen den Hindernissen des Verkehrs zum gegenüberliegenden Gehsteig hinüberzuführen. Ein solcher Tag wurde in meinem Tagebuch mit einem besonders dicken Ausrufungszeichen versehen.

Seit einigen Wochen schreibe ich Tagebuch. Das beruhigt mich.

Ich kaufte Arbeitslosen ohne Zögern eine Zeitung ab, warf einen nicht zu übersehenden Geldschein in die auf dem Boden liegende aufnahmebereite Mütze eines Straßenmusikanten. Ich war tatsächlich, wie der Hindu prophezeit hatte, mit mir wenn nicht glücklich, so doch zufriedener. Vor allem: ich schlief besser.

Ein schönes Gefühl, sich von anderen Menschen zu unterscheiden. Im Bewusstsein, ein guter Mensch zu sein, befand ich mich eine Zeitlang in einer euphorischen Stimmung. Aber auch das wurde mit der Zeit langweilig.

An der Theke lud ich Gesprächspartner, die neben mir den Abend verbracht hatten, zum Bier ein, bezahlte ihre Zeche. Vor den anderen freigebig zu erscheinen, erfüllte mich mit Stolz. Und noch auf dem Heimweg war mir, als schwebte ich über dem Boden dahin. Ich hatte mich besiegt: meinen Geiz, den angeborenen oder milieubedingten. Bisweilen überkam mich allerdings die Wut und ich wäre am liebsten in die Kneipe zurückgekehrt. „Ihr hättet auch für mich einen ausgeben können. Wollt ihr die Wahrheit wissen? Ich bin im Grunde sehr sparsam. Aber ich sonnte mich in dem Bewusstsein, meinen Geiz überwunden zu haben. Ich genieße dieses Gefühl, in euren Augen ein freigebiger Mensch zu sein. Aber im Grunde wart ihr nicht gemeint. Ich bin im Grunde das Gegenteil. Nun dürft ihr mich bewundern. Ich hoffe, bei unserem nächsten Treffen werdet ihr mich zum Vorbild nehmen." Ich ging natürlich nicht zurück. Es blieb bei einem Selbstgespräch. Ich ging nach Hause.

Diesen Lebensstil konnte ich dauerhaft nicht fortsetzen. Den Anlass zum Ausstieg gab eine Busfahrt.

Verärgert war ich, als ein junges Mädchen, eine Schülerin von vielleicht 15 Jahren, mir ihrerseits den Platz, den sie innehatte, anbot, obwohl ich doch in ihren Augen weit vom Greisenalter entfernt sein musste. Oder doch nicht? Ich winkte mürrisch ab. Das junge Ding hatte mir gründlich die Laune verdorben, weil ich annehmen musste, sie hielte mich für einen „Grufti". Aufgrund dieses Ereignisses erkannte ich jedoch plötzlich meine Eitelkeit, meine Selbstliebe. Als ich ausstieg, lächelte ich dem Mädchen freundlich zu.

5

Ein Briefwechsel zwischen Wilnius und Urweider.

Hallo Hans! Ich hasse das Schreiben. Ich habe es immer gehasst. Aber etwas in mir zwang mich es zu versuchen. Mir wäre wohler, ich hätte Frau und Kinder und glaubte statt an mich an den Lieben Gott. Beim Schreiben muss man hinabtauchen in eine Welt, die dunkel ist und kalt. Sie nagt und nagt.

Der gute Professor Autenrieth ahnt nichts von dieser Welt. Deshalb versteht er mich nicht, wirft mit flotten Sprüchen um sich. Sprüche, die mir eher schaden als nützen. Er weiß nicht, wie grausam es schmerzt, von einer dunklen Macht umarmt zu werden. Er weiß es nur aus seinen Büchern.

Mein Leben erscheint mir immer noch sinnlos. Und um in mein Leben ein wenig Sinn zu bringen, habe ich damals zu schreiben versucht.

Im Rückblick erscheint mir mein Leben unwirklich. Ich sehe die Welt tanzen und sterben. Dieses ewige Tanzen und Sterben. Ich habe Angst, dass nicht schon irgendwo ein potentieller Massenmörder lauert, der sich zum Tyrannen über die ahnungslose Masse emporschwingt, um die letzten Tanzenden zum Sterben zu zwingen.

Ein Glaube, der mich zu einem Engagement zwingt, würde mir helfen, meinem Leben noch eine Substanz zu geben. Ich weigere mich, Verantwortung zu übernehmen. Warum sollte ich? Für andere? Was heißt das überhaupt? Ich muss mich vor mir selbst verantworten, das ist alles. Ja, das füllt mein Leben aus. Zu wenig, wie du sicher meinst. Grüß dich, Robert

Hallo Robert! Auf der Suche nach dir selbst bist du gescheitert. Das gibst du doch sicher zu. Weißt du auch, warum du scheitern musstest? Weil du dein Selbst gar nicht finden kannst. Das, was es gar nicht gibt, kannst du auch nicht finden. Du täuschst dich über dich selbst, wenn du dich zu erkennen und zu bewerten versuchst.

Du hast eine Vorstellung von deinem Selbst: ich will nur noch Dichter sein, denn das ist mein innerster Kern, der nach Entfaltung drängt. Ein Irrtum. Du hast dir ein Bild, ein Schema von dir zurechtgelegt, hast dich als leidenden, hungernden, einsamen Poeten gesehen, der sich stolz von der Welt absondert und als Vagabund durch die Lande zieht. Ein Schema, das in deinem Kopf geisterte und das du irgendwann einmal übernommen hast.

So wolltest du dich sehen. Du hast, ohne dir dessen bewusst zu sein, das Schema mit deinem wirklichen Selbst verwechselt. Und dieses wirkliche Selbst kannst du gar nicht erkennen. Keiner, behaupte ich. Ich nicht und du nicht kann sein Selbst erkennen. So bitter es für dich ist: du hast für ein Schema gelebt, das du für dein reales Selbst gehalten hast.

Unsere Selbsterkenntnis ist eine nie abgeschlossene Aufgabe. Sie ist ein Prozess, der nie zu Ende geht. Du kannst dich nur durch lebendige Erfahrung finden. Und eine dieser deiner sehr lebendigen Erfahrungen ist dein Scheitern als freier Schriftsteller.

Du bist einem romantischen Klischee zum Opfer gefallen. Der stolze Einzelgänger, der sich berufen fühlt, nachts bei Mondschein auf Parkbänken seine unvergänglichen Gedichte zu schreiben. So ungefähr. Hinzu kommt, dass du hofftest, entdeckt und anerkannt zu werden. Robert, welche Naivität. Sie ehrt dich, sie ist in unserer Zeit etwas Kostbares. Und was ist schließlich ein Dichter ohne Naivität: ein kalkulierender Routinier mit Marketingbegabung. Schrecklich. Und doch wirst du für deine Harmlosigkeit und Unschuld in unserem durchkommerzialisierten Kulturbetrieb, in der Buchhändler und Verlage auf irgend einen Harry Potter warten, um sich noch einmal vor dem finanziellen Ruin bewahren zu können, mit Nichtbeachtung bestraft, mögen deine Arbeiten, die du anbietest, auch noch so gut sein. Denn dir fehlt das Wichtigste: der öffentliche Bekanntheitsgrad eines sogenannten Prominenten durch seine Medienpräsenz.

Köstlich, der stolze Einzelgänger. Am Ende droht die totale Einsamkeit in der Wüste unserer Zeit. Du hast dein Selbst, dein lebendiges Jetzt erfahren: einer der auszog, ein Großer zu werden und sich als Kranker und Alkoholabhängiger wiederfand. Welch eine Karriere! Aber tröste dich: es war wahrscheinlich ein notwendiger Weg. Du musstest ihn bis zum bitteren Ende gehen, um zu neuen Ufern aufbrechen zu können.

Überall täuschen sich Menschen über sich selbst, erliegen den verschiedensten Schemata. Der eine imitiert eine vorgestanzte Type und glaubt, er habe sein Selbst gefunden. Ein anderer presst sein

Dasein in die Form von Grundsätzen, erstickt das lebendige Leben in Regeln.
Grüß dich, Hans.

6

Wilnius bei Autenrieth.
Ich wollte sterben.
Autenrieth: Nein, Sie wollten nicht. Sie haben Ihren Suizidversuch inszeniert. Es war ein Spiel, eine Szene, die in der Hoffnung geschrieben wurde, rechtzeitig entdeckt zu werden. Dieser Versuch ist Ausdruck Ihres narzisstischen Charakters.
Es stimmt. Ich wollte Aufmerksamkeit, nach der ich mich mein Leben lang immer gesehnt hatte. Trotz meines Einzelgängertums wollte ich mich immer in der Bewunderung der anderen spiegeln. Das war schon zu meiner Schulzeit so. Paradox: Wenn ich mal als Schüler vom Lehrer, als Student vom Professor gelobt wurde, dann konnte ich mich nicht mehr freuen. Mir war, als würde eine mich vorher tragende Erwartung in dem Augenblick in eine Gleichgültigkeit und Ernüchterung übergehen, da mir Erfolg in einer Form der Anerkennung zuteil wurde. Andererseits wird der Wunsch, ja unwiderstehliche Drang nach Lob so übermächtig, dass ich ihn selbst um den Preis des Lebens befriedigen möchte.
Autenrieth: Sie meinen, Sie spielen mit dem Leben, Sie riskieren es nur, um Aufmerksamkeit zu erhalten?
Nach Pestalozzi ist ein „Unmensch" der Mensch ohne Gott und ohne Liebe. Ein solcher kann sich nicht zum vollen Menschentum entfalten. Menschlich ist man aufgrund eines bestimmten Umgangs mit anderen Menschen, durch Zuwendung zum anderen.

7

Engelfried Leiser bei Autenrieth.

Autenrieth: Heute sprechen Sie sich aus. Stellen Sie sich vor, ich sei nicht zugegen und Sie sprächen nur mit sich selbst. Ich möchte Ihnen nur zuhören.

Engelfried: Was das vor mir liegende Leben angeht, so gehe ich mit einer bestimmten Erwartungshaltung an dieses heran. Ich mache mir ein Bild, ein Bild, das aus a priori gefassten Idealvorstellungen entstanden ist. An diesem Bild messe ich dann die auf mich zukommende Wirklichkeit. Beispiel: So müssen meine Freunde aussehen. So stelle ich mir meine zukünftige Frau vor. So den Beruf. So die Kollegen.

Das tun sicher auch andere Menschen, die mit Phantasie begabt sind. Aber ich kann mich zum Unterschied von anderen nur schwer noch von dem Bild trennen. Es geistert weiter durch meinen Kopf und bleibt als heimlicher, mich ständig begleitender Maßstab bestehen.

Doch, Ihre Frage habe ich mir selbst oft gestellt. Ich versuche schon, mit der Wirklichkeit einen Kompromiss einzugehen. Ich füge mich, ohne im Innern zu den Tatsachen Ja sagen zu können. Der einmal gewonnene Maßstab als noch vielleicht mögliche Wirklichkeit in ferner Zukunft bleibt hartnäckig in meinem Kopf bestehen und bewirkt, dass ich mich zwar mit der Wirklichkeit zu arrangieren versuche, sie aber nicht eigentlich akzeptiere. Eine leise, oft im Unbewussten angesiedelte Enttäuschung begleitet mich. Und da ich nicht wirklich Ja sagen kann zu dem, mit dem ich schon leben muss, zu einer Welt also, in der ich zu leben gezwungen bin, ziehe ich mich aus ihr so oft es geht zurück in eine eigene Traumwelt. In der Welt der Wirklichkeit, mit der meine Traumwelt ständig im Kampf liegt, ist mir jede Art von Engagement verwehrt. Alles in mir sagt nein. Ich brauche diese totale Negation, weil sie meinem Selbstwertgefühl zugute kommt, auch wenn ich dabei unzufrieden bleibe. Ich bewirke nichts. Da ich nichts zur Verbesserung der wirklichen Welt leiste, wird mir von meiner Umwelt auch niemals Anerkennung zuteil werden können.

Oft weiche ich in die Bejahung eines gemäßigten epikureischen Lebensgenusses aus. Aber auch dieser verliert mit der Zeit an Reiz und macht eher depressiv.

Mein Glück ist, vielleicht sollte ich besser von einem inneren Zwiespalt sprechen, dass ich neben meinen Tagträumen auch mit einem Sinn für Realität begabt bin. Das klingt paradox, ist es aber nicht. Mit seiner Hilfe versuche ich das mich umgebende reale Dasein opportunistisch schlau und mit Kalkül zu meinem Vorteil zu nutzen. Diese Haltung kann ich in Einklang bringen mit einer inneren Einstellung, die zu der Realität in seiner Gänze nein sagt.

Der innere Rückzug in eine Traumwelt, zugleich verbunden mit einem nüchternen, pragmatisch orientierten Realitätssinn gibt mir bei meinen Handlungen, mit denen ich mich in meiner Umwelt behaupten will, ein Gefühl von merkwürdiger Überlegenheit, deren tieferer Grund Verachtung und Zynismus ist. Glücklich kann ich unter diesen Umständen nicht werden. Ein mein Leben begleitendes Gefühl von einem Abseitsstehen, leise und schwelend, ist die Folge. Wenn ich auch glaube, ohne Ehrgeiz zu sein – zumindest hat er mich nie gequält – so war es ein Irrtum anzunehmen, ich sei ohne ein Bedürfnis nach Anerkennung von Seiten der anderen. Wer aber in seinem Herzen zu allem nein sagt, der sollte sich nicht wundern, wenn er am Ende verloren und vergessen zurückbleibt.

Ich weiß, dass ich mich nicht aus Bequemlichkeit ins Abseits stelle. Meine Haltung ist vermutlich das Symptom eines narzisstisch veranlagten Menschen, der sich selbst zu wichtig nimmt und sein Dasein nicht in einem gesellschaftlichen Kontext der Mitmenschen zu erkennen vermag.

8

Birgit besuchte ihre Freundin Eva. Sie war keine Kollegin, aber eine alte Bekannte, eine Schulfreundin. Sie hatten zusammen Abitur gemacht und mehrere Semester Germanistik studiert.

Eva Figurski war als Redakteurin im Feuilleton einer Wochenzeitschrift tätig. Sie war Birgits Vertraute. Ihr konnte sie erzählen, was sie los werden musste, ohne Häme argwöhnen zu müssen, wenn es ihr einmal schlecht ging. Nach mehreren Beziehungen, die alle in die Brüche gegangen waren, lebte Eva allein mit zwei Katzen in der ersten Etage eines alten Mietshauses. Eva empfing ihre Freundin mit einer Katze im Arm.

Birgit, wie schön. Komm rein, ich freue mich. Wie geht es dir? Schlecht?

Eva legte den noch freien Arm um Birgits Schulter.

Sehr schlecht.

Eva: Ich mach uns einen Kaffee, und dann erzählst du, was los ist. Sie ließ die Katze zu Boden gleiten. Setz dich doch. Sie eilte in die Küche.

Eva, du weißt, ich brauche ein geselliges Leben. Ich darf nie Freunde einladen, und ich hätte so gern mal Gäste. Engelfried will lieber mit sich allein sein, möchte die Stille. Am liebsten bleibt er mit sich allein zu Hause. Er war, glaube ich, immer ein Menschenfeind, auch wenn er sich das niemals eingestehen wollte. In der letzten Zeit trank er mehr als früher. Manchmal schon morgens. Birgit weinte. Warum musste er sich so verändern. Eva: Vielleicht hat er sich gar nicht verändert.

Aus Birgit brach es heraus. Und dann seine manische Sucht in die Kontaktlosigkeit. Er war immer auf dem Rückzug. In der letzten Zeit reagiert er nur noch mit aggressiver Reizbarkeit. Ich wollte ihm immer mit meiner Ausgeglichenheit eine Lebenshilfe sein. Ich habe eine Schwäche für hilflose, komplizierte Männer. Die lustigen, selbstbewussten habe ich nie gemocht. Ich hatte immer den Wunsch, einen Menschen zu beschützen. Ich kann es nicht mehr. Er führt eine inneren Krieg gegen den Rest der Welt. In unserer Ehe ging es eigentlich immer nur um ihn. Ja, ich weiß, er ist kompliziert. Er hat es sicher nicht leicht, innerlich meine ich,. Wenn er getrunken hatte, wurde er aggressiv, nur verbal. Er wehrte mich ab, wenn ich ein wenig zärtlich sein wollte.

Er liebte immer die dunklen Möbel. Ich habe sie mit ihm ausgesucht, weil ich ihm einen Gefallen tun wollte. Aber sie machten mich traurig. Ich bevorzuge das Helle.

Er läuft in die Dunkelheit der Nacht, um ziellos etwas zu suchen. Einmal wollte er Maler sein, dann will er wieder Dichter sein, und dann wieder Maler. Gestern schwärmte er von einem intensiven Landleben, stellt sich vor, Nussschweine zu züchten und frei laufende Hühner zu versorgen.

Eva: Was empfindest du noch für ihn? Sie schenkte Kaffee nach.

Meine Gefühle sind gemischt. Er tut mir einerseits leid, dann spüre ich auch schon seit einiger Zeit so eine Art Widerwillen gegen ihn. Der soll nur nicht stärker werden. Er ist auch so hilflos in allem, was Bekleidung und Geld angeht. Ich werde bald vierzig und möchte noch ein wenig zufrieden sein.

Plötzlich befiel sie eine Beklemmung. Sie erhob sich. Ich muss gehen. Du bist die einzige, Eva, mit der ich mal darüber sprechen kann.

Eva: Was willst du jetzt tun? Birgit schwieg. Du musst dich entscheiden.

9

Engelfried Leiser bei Professor Autenrieth.

Autenrieth: Ich verstehe Sie schon. Hinter Ihrer Angst vor einem äußeren Erfolg verbirgt sich die Angst, ein Ziel erreicht zu haben, die Angst vor dem Ende der Bewegung überhaupt. Es wäre doch schrecklich, zeigte sich hinter dem Erreichten kein neues Ziel am Horizont. Das gesetzte, ersehnte Ziel erweist sich am Ende vielleicht als ein Trugbild des ewigen Wanderers, ein Trugbild, hinter dem sich die Vanitas in ihrer unendlichen Leere ausbreitet.

Engelfried: Wie weit bin ich von Menschen entfernt, die, von keiner Unrast getrieben, mit Behagen das Erreichte verzehren. Diese Sesshaften, beati possidentes. Einfache Annehmlichkeiten halten viele schon für Glück.

Autenrieth: Menschlich wachsen kann man nur, wenn man das Individuelle nicht zu hoch einschätzt. Es ist ein Irrtum zu glauben, es genüge, um glücklich zu sein, den schlummernden Künstler in sich zu wecken. Suchen Sie kleine, tägliche Aufgaben. Ihnen nachzugehen lindert die Furcht, verdrängt sie vor dem Ausbruch eines Sturmes. Rituale würden Ihrem Leben einen Halt geben. Es rächt sich, wenn Sie mit Sartre für einen Fortschritt halten, Gott als eine überalterte Hypothese zu erklären.

Sie sagen, Ihre intellektuelle Redlichkeit hindert Sie, an einen Gott zu glauben.

Engelfried: Mein metaphysisches Bedürfnis. an etwas Absolutes glauben zu können und meine Intellektualität stehen im Widerspruch zueinander. Ich bin auf der Suche nach neuen Bindungen an Mitmenschen, von denen ich früher pauschal glaubte, sie würden mich bei meiner Suche nach mir selbst stören.

Autenrieth: Seelisch gesunden können Sie nur, wenn Sie sich an Mitmenschen binden. Voraussetzung einer Bindung ist, dass sie sich selbst loszulassen versuchen. Sie müssen Ihren Irrweg erkennen. Man kann nicht selbst das Ziel einer totalen Hingabe sein. Sie müssen ein Ziel finden, das außerhalb Ihrer Person liegt. Nur so können Sie Ihre Energien in eine Richtung lenken. Totale Ichbezogenheit führt in einen Holzweg, der in die Orientierungslosigkeit münden kann. Man könnte auch das Bild einer Wüste bemühen, in der Sie dann schmachtend zugrunde gehen. Ich muss Sie warnen. Ich habe einen Patienten, der diesen Weg bis zum bitteren Ende gegangen ist. Er litt unter einer schweren Depression und dachte ständig daran, sich das Leben zu nehmen. Mit meinem Appell an Sie möchte ich erreichen, dass Ihnen dieses Ende erspart bleibt. Im Unterschied zu dem von mir erwähnten Patienten sind Sie glücklich

124

verheiratet, haben eine nette Frau, die Ihnen bei der Bewältigung Ihrer Probleme hilft.

Sicher, jeder braucht einen Sinn, der nur für ihn gilt, den er für sich zurechtlegt. Es ist eine subjektive Wahrheit. Eine andere, eine objektive gibt es nicht. Jeder hat ein Recht auf seine Wahrheit. Auf der Suche nach seiner privaten Wahrheit kann der Mensch sich anderen anschließen, deren schon gefundene Wahrheit auch dann für sich übernehmen. Das Bild, das der Mensch sich von der Welt macht, erfüllt eine notwendige Funktion. Sie ist zur Orientierung so wichtig für das seelische Leben wie das Atmen zum biologischen. Wer jedes Angebot ausschlägt, belächelt, weil er zu stolz ist, zu trotzig vielleicht, um sich einem Glauben an einen objektiven Wert öffnen zu können, der muss in die Irre gehen. Ein nur behaupteter und heroisch ertragener Nihilismus wird für einen sensiblen Menschen auf Dauer unerträglich. Am Ende steht immer der Wunsch, sich durch Drogen zu betäuben.

Um Sie habe ich keine allzu große Angst. Im Gegensatz zu dem erwähnten Patienten leben Sie in einer festen Beziehung. An den vielleicht schönsten Wert, den das Leben bereit hält – lieben und geliebt zu werden – müssen Sie ja glauben, wenn ich mir Ihre Frau ansehe.

10

Birgit, ich habe eine Einladung erhalten zu einer Party, fast schon zu einer Gala. Eine Fernsehmoderatorin wird vierzig. Ich kenne sie seit langem. Das Buch „Wir Moderatoren" hat sie geschrieben. Nein, nicht geschrieben, herausgegeben.

Partygespräche.

Ein Haus dazukaufen ... mein Mann will es sich als Atelier einrichten.

Birgit: Meinem Mann genügte früher ein Teil der Küche zum Malen.

Eine Frau rief: Guck mal, wie Nina aussieht. Von hinten knackig wie zwanzig, von vorn reif und schön wie dreißig. In Wirklichkeit 39 und Fünffach-Mama. Nina, wie machst du das?

Ich komme nicht wie andere Frauen mit fast vierzig in eine Krise, ich tue was dafür.

Ja, aber dein Geheimnis.

Ich esse seit zehn Jahren kein Fleisch, trinke keine Milch, fast nur Rohkost, ein wenig Honig gönne ich mir, obwohl ich Vegetarier bin. Außerdem laufe ich jeden Tag zehn Kilometer.

Einer der Gäste: Ich würde mich schon als scheu bezeichnen. Ich ziehe meine linke Schulter ständig hoch. Ist das nicht ein Anzeichen dafür? Ich habe es irgendwo gelesen.

Eine Frau: Sein Rücken schmerzt in der letzten Zeit. Er fühlt sich wie Gregor Samsa, welcher sich in Kafkas Parabel morgens im Bett als Käfer wiederfindet.

Ach, meine Frau und ihre Bildungsreminiszenzen. Es ist immer dasselbe, sie kann es nicht lassen.

Sind Sie ein glücklicher Mensch? Ja, das kann ich schon von mir sagen. Also ... nicht rundherum ... Aber wenn ich mein Leben so Revue passieren lasse ...

Birgit: Mein Mann und ich waren sich in allen grundsätzlichen Fragen vor der Ehe einig. Es ist die beste Garantie, dass eine Beziehung hält.

Ein Philosophiestudent im 12. Semester: Je geistiger, spiritueller ein Mensch veranlagt ist, umso neugieriger muss er eigentlich auf den Tod sein, welcher sein Bedürfnis zu transzendieren endlich erfüllt.

Ich freue mich, dass du mich begleitet hast, Birgit, sagte Eva. Dein Mann verkriecht sich ja doch zu Hause und will dir jeden Spaß verderben.

Eine Frau erzählte: Wir waren neulich in einem Bistorante, von dem wir wussten, dass man dort eine Kleinigkeit essen könnte. Aber wenn ich speisen möchte und sehe, dass auf dem Tisch eine Eiskarte steht, dann vergeht mir der Appetit.

Also ... bei mir wäre es genau umgekehrt, sagte ihre Nachbarin. Ich bin eine leidenschaftliche Eisesserin. Ich würde in dem Falle nicht mehr warm essen wollen, sondern nur noch Eis essen. Siggi, wie hieß meine Portion neulich noch?

Du hattest ein gemischtes Eis mit Rumrosinen.

Ja ja, und mit Karamellsauce. Nein nein, das meine ich aber nicht. O, jetzt weiß ich wieder. Es war ein Vanille-Straciatella-Eis, Schokoladenguss und Sahne.

Birgit im Gespräch: Ein Kind in die Welt setzen? Nur wenn man es wirklich wünscht, aus welchen Gründen auch immer. Wer als Frau glaubt, in der Rolle der Mutter sich verwirklichen zu können ...

Der Student: Das Jubeln der Menge, wenn eine Mannschaft siegreich heimkehrt. Wer jubelt, wen bejubeln sie. Sie gieren doch nur nach einem Anlass, viele von ihnen wenigstens. Sie wollen feiern, um ihre Leere auszufüllen. So prügeln sie sich auch, um sich besser zu fühlen.

Birgit: Aber meinen Sie, dass es jemals anders war?

Eva: Birgit, komm, ich möchte dich mit Jutta Gossel bekannt machen. Sie ist Chefredakteurin einer Wohnzeitschrift.

Jutta Gossel: Mein Julian und ich spielen im Urlaub gern den perfekten Mord. Das heißt, er spielt ihn natürlich. Piranhas im Amazonas. Nicht ungefährlich. Aber ich blieb am Leben dieses Mal. Habe ich erzählt, dass wir eine Fahrt auf dem Amazonas gemacht haben? Mein Mann schreckt zurück, nicht aus moralischen Gründen, sondern weil er Angst hat, Zweifel an der Perfektion. Er hat keine Angst vor einem Urteil lebenslänglich. Nur, dass man ihm den Mord nachweisen und er als Versager dastehen könnte. Sein Stolz wäre gekränkt. Ja, so ist er. Wir leben in einer permanenten Spannung. Wir brauchen den Kick. Als wir zurückkamen, haben wir allerdings geweint. Die Türen aufgebrochen, die Schränke geplündert. Offenbar hat man gewusst, wo sich die Wertsachen befanden.

In der Mehrheit sind wir doch eine Spaßgesellschaft, ohne Bindung und Tradition, sagte jemand.

Wir machen jedes Jahr Urlaub an einem See inmitten einer riesigen Waldlandschaft.

Der Marktwert sinkt, wenn man nicht mehr auf der Mattscheibe erscheint, das stimmt. Man gerät schnell in Vergessenheit.

Birgit später zu Eva: Das, was deine Freundin mit den Piranhas erzählt hat, habe ich nicht verstanden. Eva: Sehr einfach. Ihr Mann will sie umbringen, wartet auf eine günstige Gelegenheit. Sie beide erzählen das allen Leuten. Und da Julian eine Freundin hat, weiß keiner genau, ob es ihm ernst ist mit seiner Ankündigung oder nur Spaß. Auf dieser Amazonasfahrt hätte es sich doch angeboten, Jutta vom Deck zu stoßen und einen Unfall vorzutäuschen. Die Piranhas stürzen sich blitzschnell auf alles, was sich bewegt.

Birgit schüttelte leicht den Kopf: Das finde ich schon beinahe pervers.

11

Birgit sucht Rat bei Autenrieth.

Mein Mann steht unter dem Eindruck, das Leben sei nur eine einzige große Schwierigkeit. Es sei besser, sich überhaupt nicht fortzubewegen. Am liebsten möchte er immer zu Hause bleiben und mit anderen Menschen keinen Kontakt aufnehmen. Sie seufzte.

Mein Bruder rät mir schon seit längerer Zeit, mich von Engelfried zu trennen, um nicht mit ihm in einen Abgrund zu fallen. Tatsächlich ist meinem Mann zumute, als stünde er immer vor einem Abgrund. So ähnlich hat er es auch mir gesagt. Er lebt in der Furcht, ich würde ihm andere vorziehen. Ich will mich nicht von ihm in eine Isolierung ziehen lassen. Ich kenne so viele nette und interessante Menschen, zu denen es mich hinzieht. Ich möchte sie nicht missen. Autenrieth unterbrach.

Frau Leiser ... Ich kenne Ihren Mann seit vielen Jahren, habe ihm zu helfen versucht. Aber es gibt Menschen, die sich nicht helfen lassen wollen. Die Wahrheit ist: Ihr Engelfried will sich in eine völlige Isolierung zurückziehen, um sich dadurch das Gefühl zu geben, der einzige Mensch auf dieser Erde zu sein.

Birgit blicke traurig.

Ja, sagte sie. Er lebt wie in einem feindlichen Land und unter der ständigen Angst, von anderen in einen Abgrund gestürzt zu werden. „Mein Leben ist ruiniert- Ich bin ein Versager." Diese Worte höre ich ihn immer wieder sagen. Ich habe oft gesagt: Du hast keine Freunde. Willst du auch noch, dass unsere Ehe scheitert?

Beide schwiegen.

Dann sagte Autenrieth: Ihrem Mann kann ein Arzt wie ich nicht helfen, weil es Patienten gibt, die sich dann erst richtig wohlfühlen, wenn sie in den Abgrund gestürzt sind, wie immer auch der ausse- hen mag. Aber es ist i h r Abgrund.

Birgit sah erschrocken auf. Sie schien nicht zu verstehen. Nach einer Weile sagte sie: Er möchte gern weiterkommen, ist ehrgeizig, zugleich aber auch gehemmt.

Autenrieth: Weil er Angst vor Niederlagen hat.

Ja. Er steckt voller Widersprüche. Er hat einen Widerwillen, aus dem Hause zu gehen. In Gesellschaft ist er scheu und wortkarg, kann aber auch wieder sehr charmant sein.

Autenrieth ergänzte: Er erzählte mir, er würde viel Zeit auf seine Weiterbildung verwenden. Ich habe den Eindruck, Ihr Mann befin- det sich ständig im Zustand einer starken Spannung, die sich auf verschiedene Weise Luft zu machen versucht.

Und dieser dauernde Wechsel von einer Tätigkeit zur anderen. Wie denken Sie darüber?

Es ist ein Anzeichen seiner permanenten Unzufriedenheit mit sich selbst.

Birgit ereiferte sich ins Leere hinein. Herr Dr. Autenrieth, mein Mann ist schon über 50 Jahre alt und er weiß immer noch nicht, was er mit seinem Leben anfangen soll.

Autenrieth beruhigte: Ich weiß, ich weiß. Ihr Mann ist ein Mensch ohne Mut und Zutrauen zu sich und seinen Fähigkeiten. Seine Aufmerksamkeit ist beharrlich auf sich selbst gerichtet. Das steigert seine Furcht, in einer Tätigkeit versagen zu können. Übrigens: Ich habe das Fragment, diese nicht zu Ende geführte Erzählung, die

Sie mir vor einiger Zeit zur Einsicht überlassen haben, aufmerksam studiert. Ihr Mann erscheint in der Figur Dietmar wie in einem Spiegel. Engelfried Leiser zeichnet sich, wie er sich sieht. Nun weiß man, dass Spiegel häufig verzerrt, zumindest undeutlich abbilden. Diese Selbstspiegelung in diesem Erzählfragment ist interessant. Es fällt auf, dass dieser Dietmar sich zunächst in einer Art von „hortus conclusus", in einem von der Welt abgeschiedenen Garten aufhält, bevor er vor dem Alleinsein in ein Tanzcafé flieht. Das erste, was er dort erfährt, ist eine Niederlage: Dietmar wird abgewiesen, von einer Frau verschmäht.

Ja. Aber am Ende erscheine ich als seine Retterin.

Das dachte ich mir. Die blonde Frau, die dem Dietmar zulächelt, ist ein Porträt von Ihnen. Liebe Frau Leiser, Ihr Mann hat schon versucht, sich Ihnen anzupassen, ja, sich in Sie einzufühlen. Er scheitert an seiner Ichbezogenheit.

Birgit: Ich weiß auch, dass er unter dieser Ichbezogenheit leidet.

Ja. Ihr Mann spürt seine Selbstbezogenheit auch als eine Last, von der er sich befreien möchte. Aber er schafft es nicht.

Und warum nicht? Wir müssen doch alle kämpfen, um uns von irgend etwas Unangenehmem zu befreien.

Das ist schon richtig. Aber in Ihrem Mann gibt es starke Gegenkräfte, die einen Sieg über sich selbst verhindern wollen. Früher hätte man von „dämonischen" Kräften gesprochen.

Er ist auch so empfindlich und hat Angst vor jeder Kritik.

Empfindlichkeit und Angst vor Kritik verraten einen Minderwertigkeitskomplex.

Birgit: Er verhält sich so als lebte er unter Feinden.

Autenrieth: Dem Verhalten Ihres Mannes liegt ein tief sitzendes starkes Minderwertigkeitsgefühl zugrunde. Aber das weiß er ja selbst!

Birgits Gesicht bekam gequälte Züge. Es ist auch schade, sagte sie, Engelfried hat schließlich seine Examina mit Auszeichnung bestanden. Sie wissen selbst, wie gut ihn seine Vorgesetzten beurteilt haben. Alle haben ihm Sachkenntnis und Gewissenhaftigkeit bescheinigt.

Autenrieth: Er hat immer künstlerischen Ehrgeiz besessen. Sein Wunsch, kreativ zu sein, rieb sich ständig an seinem Brotberuf. „Unverarbeitete seelische Konflikte, krankhafte Störungen des Nervensystems." Ich erinnere mich an Ihre Diagnose.
Ihr Mann ist unfähig sich zu entspannen, auch wenn er erschöpft ist.
Birgit: Seine Arbeit als Lehrer erschien ihm unter den Bedingungen von heute als sinnlos.
Autenrieth: Er vermag seelische Krisen zu genießen, Krisen, die ihn an den Rand des Abgrunds führen. Komisch. Sein Zurück zu einer Natur-Ideologie, von der er mir schwärmerisch berichtet hat, hält er für originär. Er hat Angst, die heutige Massengesellschaft könne seine Identität bedrohen. Das zieht sich als Leitmotiv durch alle Gespräche, die ich mit ihm geführt habe. Die Angst lebt in ihm, die seinem Wesen angemessene Existenz zu verlieren oder gar nicht erst etablieren zu können.
Übrigens: ich erwähnte vorhin meinen Bruder. Er ist Kunsthändler, aber doch ein biederer Mann. Sein schlichtes Gemüt hat Engelfrieds kompliziertes Wesen nie begreifen können.
Ein Bekannter lud mich und Engelfried vor einigen Jahren zu einer Weihnachtsfeier ein. Sie wissen sicher, wie heute Feiern dieser Art in Alkoholexzesse ausarten. Zum Schluss lallten viele nur noch. Einer stellte sich im Suff auf die Theke und urinierte. Es war so peinlich. Ich hatte vorher nicht gewusst, in welche Gesellschaft wir geraten würden. Ich musste einige aufdringliche Männer abwehren, die mich abknutschen wollten. Seit diesem Abend hasst Engelfried alle Weihnachtsfeiern.
Beide schwiegen. Birgit schien zu überlegen. Was seine Nerven angeht, so ist mein Mann nicht ohne Selbstschuld. Wie oft habe ich erleben müssen, dass er von seinen nächtlichen Ausschweifungen kaputt nach Hause kam. Er nannte es Entspannung. Aber er trieb Raubbau.
Autenrieth hatte die Augen gesenkt. Jetzt sah er Birgit offen ins Gesicht. „Bisweilen muss ich in einen Abgrund stürzen. Der Sturz

motiviert mich, jede Anstrengung auf mich zu nehmen, um eines Tages wieder auf dem Kamm des Berges zu marschieren. Es mag manche geben, die stürzen und dann für immer den Mut verlieren, sich wieder zu erheben. Zu diesem Typ gehöre ich nicht." Das sind Äußerungen Ihres Mannes. Was soll ein Arzt damit anfangen?

Autenrieth wollte fortfahren, als Birgit unterbrach. Mein Vater war ein begabter Organist. Ich höre gern, wenn Organisten proben. Es erinnert mich an meine Kindheit. Ich besuche gern ein Konzert, besonders eines mit Harfe und Orgel. Ich liebe Musik von Bach und Händel. „Wie langweilig" schreit er mich an, wenn ich ihn bitte, mit mir in ein Konzert zu gehen. „Barock ... klassische Musik ... Öde ... nur noch schön ... dekorativ – Ich brauche Musik, bei der ich meine seelische Verfassung wiederentdecke. Musik von Schostakowitsch, Bartók ... Da spüre ich eine innere Verwandtschaft. Und du kommst mit Gottesanbetern wie Bach und Händel!"

Birgit starrte ins Leere. Herr Dr. Autenrieth, mit einem solchen Mann zusammenzuleben, ist für mich schon seit langem fast unerträglich geworden.

„Ich hasse den Wein!" rief er neulich. „Glücklich kann ich nur werden, wenn ich klares Wasser trinke und dazu trockenes Brot esse," Es sind nur leere Worte. Er ist verrückt.

Autenrieth: Und seine umfangreichen Selbstreflexionen! Ihr Mann stellt sich oft die Frage: Wem nütze ich damit? Mir nicht – keinem nütze ich! Ich habe ihm gesagt: es geht um Sie! Die kommerzielle Seele unserer Zeit können Sie in keine menschliche oder, um ein altmodisches Wort zu gebrauchen: romantisch-verinnerlichte umwandeln. Sie können sich nur retten, indem Sie sich das Gefühl geben, nützlich zu sein. Nützlich für die Gemeinschaft. Sie haben es doch schon einmal an sich wahrgenommen: es macht froh, wenn man für andere Menschen etwas tun kann. Und heimlich sehnen Sie sich danach.

Warten Sie, ich habe mir Äußerungen Ihres Mannes notiert. Hier sind sie.

„Selbstlosigkeit ist unnatürlich. Warum soll ich, der ich nur dieses

eine Leben habe und nicht an ein ewiges Leben glaube, mich für irgend etwas aufopfern? Der Mensch ist geboren, um er selber zu ein. Mein Gott, Herr Professor, dann bin ich eben ein vollkommener Egoist. Menschen, die sich solidarisch zeigen, sind Heuchler."
Ich sagte: Aber spüren Sie nicht, dass es eine Pflicht gibt, sich nicht nur mit dem eigenen Schicksal, dem eigenen Wohlergehen zu beschäftigen?
Birgit: Wenn ich ihn bitte, mich auf eine Party zu begleiten, argwöhnt er, ich wolle ihn zu meinem Untertan machen.
Ich muss Ihnen etwas Komisches erzählen. Stellen Sie sich vor, der Herr Engelfried überlegt ernsthaft mit seinen 52 Jahren, wo er einmal seinen 60. Geburtstag feiern möchte. Rom oder Florenz stehen zur Wahl. Er schwankt zwischen beiden Städten. Ein Problem, das ihm Kopfzerbrechen bereitet. Es sind – und das muss ich dazu sagen – Stätten, in denen wir einmal schöne Stunden verlebt haben. Das rührt mich ja auch. Ich sage zu ihm: Pass auf, dass du dort nicht allein feiern musst – weil du mich vorher ins Grab gebracht hast.
Ich fürchte, mein Mann und ich passen nicht zusammen, haben es leider zu spät gemerkt.
Frau Leiser, Sie sind eine eher fröhliche und gesellige Natur.
Ich lasse mich gern von dem Frohsinn anderer anstecken. Das stimmt. Ich habe viele gute Bekannte. Ich brauche sie. Engelfrieds eigenbrötlerisches Wesen habe ich lange toleriert, solange es noch keine extremen Formen wie heute angenommen hatte.
Im Grunde habe ich ein wohl eher ernstes Wesen. Schon gar nicht bin ich oberflächlich, wie mein Mann gelegentlich behauptet.
Mein Vater kam als schwerkriegsbeschädigter Invalide aus dem letzten Krieg zurück. Ich kenne das traurige Schweigen in unserer Familie, wenn Papa unter Phantomschmerzen litt. Auch gesellige Naturen erfahren hin und wieder eine mürrische Niedergedrücktheit. Das Leben ist voller Widersprüche, das weiß ich. Aber eines weiß ich auch: man darf einem Menschen, mit dem man sich entschlossen hat zusammenzuleben, nicht die Luft zum Atmen nehmen. Und ich leide unter Luftverknappung.

Ach ja, die Widersprüche. Ich habe Engelfried als einen zartfüh-
lenden Menschen kennen gelernt, ahnte nicht, dass er auch grob
sein kann –

Ich bin stets bemüht, angenehm zu wirken und Streitigkeiten zu vermeiden. Ich muss mich auch darum bemühen, um nicht an Kollegen
und Schülern zu verzweifeln. Engelfried ist beruflich gescheitert. Er
erlebt, wie ich mit meiner Art auf Menschen zuzugehen, durchkom-
me.

Autenrieth: Sie sind sicher beliebt. Ich kann es mir gut vorstellen.
Mag sein, dass Ihren Mann das verdrießt. Es ist möglich, dass er
sich durch Ihr Sosein ... und Ihren Erfolg gekränkt fühlt. Ich betone:
es ist möglich.

Autenrieth erhob sich: Frau Leiser, Sie sollten von mir die Wahrheit
erfahren. Das Verhalten Ihres Mannes ist vor allem Ausdruck eines
Dualismus, den er als Erbe in sich trägt und mit dem er leben muss.
Dieser Dualismus besteht darin, dass Ihr Mann sich als Fremdling
und Gefangener in dieser unseren Welt fühlt. Er hat zwar die
ehrliche Absicht, sich Ihnen als seiner Frau und den Bedingungen
anzupassen, die uns unsere Welt, in die wir hineingeboren sind,
vorschreibt. Bei Menschen von der Natur Ihres Engelfried wirken
diese Bedingungen oft wie ein Hebel, der von außen innere schlum-
mernde Kräfte in Bewegung setzt.

Eine Anpassung gelingt ihm nur mit großer Mühe, oft auch gar
nicht. Sein zweites Ich, das sich wie in ein Joch eingespannt fühlt,
verlangt ständig nach einem Ausbruch, nach einer Verweigerung
gegenüber der Umwelt. Nur mit Hilfe einer Verweigerung gelingt
es Ihrem Engelfried, sich als Mensch in unserer Zeit zu behaupten.
Zu diesem Ergebnis bin ich als Logotherapeut gekommen.

12

Robert Wilnius und Engelfried Leiser während eines therapeutischen Gesprächs mit Professor Autenrieth.

Wilnius: Ich fahre ohne innerlich motiviert zu sein, ohne Spannung, ohne Erwartung. Nur so. Aus nervöser innerer Unruhe. Ein Bewegungstrieb, der ausgelöst wird durch die Unfähigkeit zur Konzentration, zu konzentrierter Arbeit überhaupt. Ein innerer Zwang zum Weg-von-

Eine Art Erschöpfungszustand, der sich in nervöser Unruhe äußert. Den Aufenthalt als solchen, das Verbleiben an einem Ort, in einem Zimmer nicht aushalten zu können.

Ich nehme mir zum Beispiel vor, nach Elba zu reisen. Die Insel erscheint als lohnendes Ziel. Dort angekommen überfallen mich Zweifel am Sinn einer derartigen Reise. Ich will nach Florenz und will es doch auch wieder nicht. Nach meiner Ankunft wandere ich ziellos durch die Stadt. Plötzlich packt mich der Wunsch, den nächsten Zug zu besteigen und nach Hause zu fahren. Aber ich weiß aus Erfahrung: nach meiner Rückkehr würde ich sofort Reue empfinden und meinen überhastet getroffenen Entschluss bedauern. Denn die Emotion, aus der heraus die Entscheidung getroffen wurde, ist verflogen. Vielleicht, ja sicher würde ich mir bittere Vorwürfe machen, so übereilt und kopflos gehandelt zu haben.

Ich setze mir immer neue Ziele und taumel doch ziellos zwischen ihnen hin und her. Diese seelische Verfassung hat sich im Laufe der Zeit verstärkt.

Engelfried Leiser: Mir geht es ähnlich wie Ihnen. Ich bin schon lange nicht mehr Herr meiner selbst. Hilflos getrieben taumel ich von Vorsatz zu Vorsatz, ohne einen einzigen von ihnen verwirklichen zu können. Jeder Vorsatz erscheint mir nach kurzer Zeit fragwürdig. Die Vorsätze widersprechen sich, lösen einander ab, so als ginge es nur darum, überhaupt einen zu fassen, um sich einreden zu können, in ihm einen festen Halt zu haben. Mein innerer Zwang zum Aufheben, zum Verwerfen eines Planes bestätigt jedes Mal die Haltlosigkeit, die dem hilflosen Versuch, sich einen Halt zu geben, zugrunde liegt. Und doch besteht eine Hoffnung. Es ist im Grunde keine, nur eine neue Facette meiner Krankheit.

Manchmal habe ich das Gefühl, mir diesen Zustand nur einzubilden, einzureden. Es hat alles mit etwas Fiktivem zu tun. Das Leiden ist nicht real – so wie man einen Beinbruch hat oder auch einen Phobos oder einen Komplex. Ich habe das merkwürdige Gefühl, mich zu jeder Zeit aus der geschilderten Verfassung reißen zu können. Reservekräfte ständen mir zur Verfügung – wenn ich nur wollte. Aber ich will nicht, finde es vielmehr interessant, in dieser meiner Verfassung zu verharren und mich dabei zu beobachten.

Es ist, als sei ich ein anderer, ein Objekt oder auch eine Person, die ich neugierig betrachte. Es ist, als bildete ich mir den soeben geschilderten Zustand nur ein, als kokettierte das eine Ich mit dem anderen.

Manchmal glaube ich, alles das, was ich von mir erzählt habe, sei nur künstlich, als suggerierte ich mir diesen schon schizophren zu nennenden Zustand nur ein, um ihn dann genießen und beschreiben zu können. Und doch sind sowohl die vermeintlich vorgestellte als auch die reale Person nur ein einziges Ich.

Dieser Zwiespalt gibt mir die trügerische Sicherheit, mich zu jeder Zeit aus dieser Rolle, die ich spiele und von der ich glaube, dass sie zu einer einzigen Person zusammengewachsen ist, verabschieden, sie wie eine lästige, unbequem gewordene Haut abstreifen zu können.

Diese Hoffnung bleibt mir als eine Illusion, von der ich mich nicht verabschieden will, weil sie meinen Zustand erträglicher macht. Ich vertraue der Möglichkeit, einen Rückzug antreten zu können, einen Rückzug, der doch längst unmöglich geworden ist. In Wahrheit ist der Weg dorthin verschlossen und ich bleibe ein Gefangener meines inneren Zwanges, träume nur von einem Rückzug, den ich, wenn ich nur wollte, zu jeder Zeit antreten könnte, der aber längst unmöglich geworden ist oder schon immer unmöglich war. Ich leide oder bilde mir ein zu leiden. Zugleich habe ich das Gefühl, mit mir zu spielen.

Dieses Gefühl zu spielen mit einer Person, die ich selbst erleide, in die ich mich phantasievoll hineinsteigere, festigt mich in der Überzeugung, souverän zu sein und ärztliche Hilfe nicht in Anspruch nehmen zu müssen. Welches Ich sollte ich denn von einem Arzt behandeln lassen? Ich bin die beobachtende Person und bin sie zugleich auch wieder nicht. Das Gefühl, mich jederzeit selbst heilen zu können, aus einer Rolle, die mich auf merkwürdige Weise fasziniert, mit der ich mich geradezu lust- und leidvoll identifiziere, aussteigen zu können wenn ich nur wollte, hilft mir, trotz panikartiger Anfälle noch ruhig zu bleiben.

Habe ich Ihnen beiden jetzt etwas vorgespielt oder mich selbst offenbart? Eine Trennung beider Bereiche scheint nicht möglich zu sein.

Professor Autenrieth: Sie beide haben die Gewohnheit, Ihr Inneres zu belauschen. Dieser Dialog mit sich selbst muss aufhören.

Ich kann auf Heilungserfolge zurückblicken. Ich habe es sehr oft bei Lehrern mit Neurosen zu tun, vom Oberstudienrat bis zum Oberschulrat. Vielen habe ich helfen können. Es gelang mir oft, sie wieder ins Berufsleben zu integrieren. Ich habe auch manchen gerettet, der stark suizidgefährdet war. Bei Ihnen beiden bleibt mir nur die Hoffnung, ein wenig Lebensmut und Lebensfreude zu wecken.

Versuchen Sie doch, schlicht ein Mensch zu sein: in die Luft zu gucken, Blumen wahrzunehmen, den Kindern beim Spielen zuzuschauen. Das einfache Leben wird zum Fest. Gutes zu tun gehört zum Glücklichsein vieler Menschen.

13

Professor Autenrieth im Gespräch mit Engelfried Leiser.

Professor Autenrieth: Einen Typ wie Sie hat es immer schon gegeben. Es gab ihn vor Ihnen und es wird ihn nach Ihnen geben. Nehmen Sie Abschied von der Vorstellung, dass Sie einmalig sind.

Vielleicht sind Sie stolz auf Ihre individuelle Prägung. Aber das denken Sie nur, weil Sie Ihresgleichen nicht unmittelbar neben sich sehen. Aber ich kann Sie beruhigen: überall in der Welt gibt es Typen Ihrer Sorte. Sie sehen sie nur nicht vor sich. Es gibt sie in der ganzen Welt. Es gab sie und wird sie immer geben. Sie sind auch nur eine ewige Wiederholung eines zugegeben nicht in Massen und Rudeln auftretenden Exemplars der Spezies Mensch.

Mit einem Wort: Sie nehmen sich, Herr Leiser, zu wichtig. Sehen Sie sich doch nicht immer als sinnsuchendes Individuum. Versuchen Sie, sich selbst zu belächeln. Versuchen Sie, sich komisch zu sehen in Ihrem Streben und Wollen oder auch Nichtwollen. Ja, lachen Sie über sich selbst. Das macht frei.

Engelfried Leiser: Es gibt eine Art Freiheit, welche in den Untergang führt. Ich hatte sowohl meine Fähigkeit allein zu sein als auch die Gefahr, die von einem Einzelgängertum ausgeht, unterschätzt. Deshalb musste ich scheitern. Dieses Übermaß an Freiheit ließ mich zugrunde gehen. Von dieser Art Freiheit, bei der ich mich nur noch an mich selbst binde, möchte ich befreit werden.

Autenrieth: Das meine ich. Es gibt ein Maß an Freiheit, von dem eine bittere Kälte, eine Lieblosigkeit ausgeht. Plötzlich ist man von einem Eiseshauch der Einsamkeit erfüllt. Die letzte Nische im Innersten des Menschen ist von ihm durchdrungen.

Leiser: Ich weiß nicht, in welche Richtung ich jetzt den ersten Schritt tun soll. Jemand sagte: mein Tun befindet sich im Einklang mit der Wahrheit, die Gott seiner Schöpfung gegeben hat. Diese Gewissheit ist mir immer fremd gewesen. Ich spüre nur ein eisiges Schweigen als Antwort auf alle Fragen, die ich stelle. Meine Frau versteht mich nicht, hat mich wohl nie verstanden. Sie kennt dieses Fragen nicht, das mir keine Ruhe gibt. Ich blieb auch in der Ehe einsam. Eine echte Kommunikation hat zwischen mir und Birgit nie stattgefunden.

Autenrieth: Warum fragen Sie? Das Schweigen, so sagen Sie, sei die einzige bedrückende Antwort. Aber kann man dieses Schweigen nicht auch anders deuten? Es will sagen, dass es vermessen ist, diese Ihre Fragen zu stellen. Es sei denn, Sie sind der Überzeugung, dass das Fragen als solches in sich schon Genüge findet und der eigentliche Sinn des Lebens sehr paradox im Fragen selbst liegt. Paradox, weil ich normalerweise ein Fragen nicht von dem Wunsch nach einer befriedigenden Antwort trennen kann. Wenn Sie einen Überstandpunkt einnehmen, geht die Intimität des echten verzweifelten Fragens verloren. Die Authentizität des Fragens ist gebrochen. Es gibt ein Gerede, welches behauptet, der Weg sei das Ziel.

Aber ich meine etwas anderes. Mit Vermessenheit möchte ich andeuten, dass wir Menschen eine Antwort nicht aushalten können, eben weil wir nur Menschen sind.

Leiser: Sie meinen: der Mensch kann die Wahrheit nicht aushalten, also fragt er gar nicht erst nach ihr.

Autenrieth: Vielleicht.

Leiser: Aber das klingt wieder so nihilistisch oder auch pessimistisch.

Autenrieth: Leben Sie doch einfach, versuchen Sie es zumindest. Experimentieren Sie mit dem Leben. Vielleicht hält das gelebte Leben später eine Antwort, die befriedigt, bereit. Vielleicht. Es mangelt Ihnen an Geduld.

Leiser: Soll ich mit Formen spielen, aus denen das Leben entwichen ist? Vergessen Sie nicht, ich leide unter zwei lebenslänglichen Krankheiten. Sie wissen es und haben es von mir gehört. Es ist die chronische Depressivität und eine schon seit ungefähr einem Jahr vorhandene Alkoholabhängigkeit. Beide Krankheiten krallen sich aneinander fest, um sich gegenseitig in ihrer fatalen Wirkung noch zu steigern.

Autenrieth: Sie haben recht, ich weiß. Sie haben sich schon in den gleichen Tunnel hineinbegeben wie mein Patient Wilnius. Was die Probleme angeht, so erkenne ich bei Ihnen beiden viele Gemeinsamkeiten. Sagten Sie nicht neulich, Sie seien durch das gegenseitige Kennenlernen in meiner Praxis Freunde geworden? Der Herr Wilnius hat Zeiten durchlebt, die ich Ihnen ersparen möchte. Er war zunächst nur alkoholabhängig wie viele Menschen heute. Dann rutschte er in eine unheilbare Krankheit. Treffen Sie sich mit ihm, reden Sie miteinander so oft es geht. Es wird Ihnen beiden helfen.

14

Birgit bei Eva: Er wirft mir vor, ich sei ohne Aufschwung zu etwas Höherem, Geistigem, das über die materiellen Interessen hinausgeht. Ich bitte dich, das ist doch absurd. Wir haben uns immer über alles unterhalten können.

Manchmal habe ich zu viel Puder im Gesicht, dann wieder zu viel Rot auf den Lippen. Er ist unzufrieden mit sich, sucht das „extreme Leben", wie er es nennt. Bis heute habe ich nicht verstanden, was er sich darunter vorstellt. Er sucht nach einer Aufgabe, die ihn über die anderen Menschen hinaushebt. Er bildet sich ein, etwas Besonderes zu sein. Ein intellektueller Clochard. Jetzt schreibt er wieder an einem Roman. Aber ich bin sicher, nach wenigen Seiten ist das auch wieder vorbei.

Eva: Aber wie kann jemand ein extremes Leben führen, wenn er sich scheu in sein Inneres verkriecht.

„Mein Rückzug ist ein Aufbruch zu neuen Ufern" höre ich ihn immer wieder sagen.

Birgit lacht. Der Therapeut, zu dem er geht, hat mir gesagt, früher nannte man einen Menschen wie Engelfried einen „Unmenschen": das sei ein in den Wäldern einsam lebender Mensch, der jedes gesellige Leben meidet.

Wenn wir beide gut gelaunt waren, was früher häufiger vorkam, nannte ich ihn meinen „Unmenschen". Das hatte natürlich einen anderen Sinn. Aber das liegt lange zurück. Da waren wir beide noch glücklich.

Es kommt mir manchmal so vor, als bestünde mein Mann nicht aus einer, sondern aus mehreren Personen.

In einer Ecke schnurrten Evas Katzen.

Er kann sehr schroff sein, dann ist er wieder freundlich, ja liebenswürdig im Umgang mit anderen. Neulich sagte er: Ich habe ein großes Bedürfnis nach einer Beziehung zu anderen. Ich weiß nur nicht, auf welche Weise ich das Bedürfnis befriedigen kann.

15

Das Zappen durch Fernsehkanäle wird Engelfried zu langweilig. Er versucht sich erneut als Schriftsteller und schreibt und schreibt, gibt sich so das Gefühl eines sinnvollen Daseins.

... Er rannte nachts durch dunkle, menschenleere Straßen, beneidete einen Gastwirt, der vielleicht noch in den Morgenstunden im Bett liegen konnte, der sich die Nacht um die Ohren schlagen musste, während er, Engelfried, nach wenigen Stunden Schlaf in die brutale Helle des Tages zurückgeholt wurde. Er verdrängte die Schule, die er nicht liebte. Die Nacht lockte wie eine Sucht. Sie lag noch vor ihm. Angetrunken hielt er wilde Reden und versuchte, irgend etwas Verbotenes zu tun, zum Beispiel die Zeche zu prellen.
Das Glück war auf seiner Seite. Während der zahlreichen nächtlichen Wanderungen durch die Stadt, durch finstere Gegenden wurde er nicht ein einziges Mal zusammengeschlagen und ausgeraubt, obwohl er oft bis zum Morgengrauen noch auf einer Parkbank saß. Der verhassten Rolle entfliehen, die er tagsüber zu spielen hatte und ein exzessives Leben führen, auch wenn es ihm den Tod brächte. Sich in einer Art Doppelleben austoben zu können, darauf kam alles an. Nur ausbrechen ... Die in Regeln gemeißelte Struktur des Alltags für wenigstens Stunden zunichte machen.
Alkohol machte Mut. Er sprach Frauen an, die ihm entgegenkamen, ohne Hoffnung, bei diesen zu finden, was er suchte.

Engelfried las die Stelle Robert Wilnius vor. Robert gefiel sie.
Wilnius erzählte: Mich verfolgt ein Traum. Er kehrt in Abständen immer wieder.
Eine Taschenlampe blitzt auf und noch eine ... „Fertig machen zur Hinrichtung". Der Morgen dämmert. Es ist fünf Uhr früh. Die Exekutionen am Fließband beginnen wie an jedem Tage. Die Hinrichtungsstätte im Gefängnis, ein kleiner gekachelter Raum, wird mit einem Wasserschlauch abgespritzt ... Hinweg das Blut, wenn das Beil gefallen war.
Es war mein Vater, der das nach dem Krieg erzählte. Er hatte es sich von einem Staatsanwalt erzählen lassen.
Nach dem Krieg hat mich ein Theaterstück besonders ergriffen: Nun singen sie wieder.
Es geht um erschossene Geiseln. Sie singen beschwörend und mahnend, wenn wieder einmal Unrecht geschieht. Nur wenige hören den metaphysischen Chor.

16

Nach langer Zeit war es Birgit gelungen, Engelfried zu überreden, sie zu einer Party zu begleiten.

Jeden Tag ist man einer Flut böser Nachrichten ausgesetzt, sagte jemand.
Ein anderer: Sie sollten nicht eine Entwicklung schelten, die unaufhaltsam ist.

Menschlichkeit setzt voraus, dass man selbst durch leidvolle Erfahrungen hindurchgegangen ist, hörte man eine Stimme.

Die Gastgeberin sagte: Wellness als die neue Lebensart zielt auf leistungsorientierte, gestresste Menschen, die einmal ihren Alltag hinter sich lassen wollen. Dabei werden Meditations- und

Entspannungsseminare in hiesigen Klöstern, ayurvedische Reinigungskuren auf Sri Lanka oder Fitnesskurse auf Mallorca als Gegengewicht zur Hektik des Berufslebens geboten.

Engelfried: Ich fühle mich nicht wohl, wenn ich mich wohlfühle. Wellness ist langweilig. Ich suche sie nur solange ich sie entbehre. Habe ich ein Wellnesserlebnis, dann wünsche ich mich in einen Zustand zurück, da ich Defizite spürte.
Ein Zuhörer: Die Ursache Ihrer Zerrissenheit kann nur eine latente unterbewusste Ideologie sein – ähnlich die der Puritaner – eine Ideologie, die Ihnen verbietet, sich wohl zu fühlen.

Gespräch mit einem Vierzehnjährigen: Monster töten ... Die Rennstrecken ... Verfolgungsjagden ... Aktionsspiele ... Die schnelle Rückkopplung ist besonders reizvoll ... Regeln einhalten, Strategiespiele. Manche schließen sich bei Computerspielen auch zu Mannschaften zusammen.
Der Vater: Das soziale Verhalten wird am Bildschirm geübt. Der Wettkampf interessiert, nicht das Töten von Menschen.

Engelfried: Nach Studienreisen war mir zumute wie nach dem fünftägigen Besuch einer Weltausstellung. Bilder zogen vorüber, unendlich viele. Alles interessant, manchmal auch faszinierend. Aber im Innern tut sich nichts. Man geht leer hinaus und ist doch kurz vor einer physischen Erschöpfung.

17

Engelfried bei Autenrieth.
Engelfried: Ich soll mir also nach Willkür und Belieben einen Lebenssinn wählen.
Sie müssen es versuchen, wenn Sie überleben wollen. Das Schreiben an einem Roman, der immer nur Ihre eigene Befindlichkeit zum

Thema hat, erscheint mir ungeeignet. Wir können – jeder einzelne von uns – nur überleben, wenn wir uns klar machen, dass wir nicht nur für uns, sondern auch für andere da sind. Ich meine: jeder ist natürlich zunächst für sich da. Aber doch nicht nur. Sie sind doch auch von der Leistung und Hilfe unzähliger anderer abhängig, nehmen deren Hilfe in Anspruch und nutzen diese doch nur aus, wenn Sie anderen nichts zurückgeben. Ich meine natürlich kein Geld, sondern eine soziale Geste.

Ihnen fehlt es an der notwendigen Vitalität. Sie müssen sich zu Leistungen aufraffen, auch ohne dass unsere Zeit auf Ihre Frage „Wozu das Ganze" eine Antwort bereit hält.

Wenn in unserer Zeit die große göttliche Ordnung nicht mehr geglaubt wird, dann muss jeder an seinem Platze sich eine begrenzte, auf ihn zugeschnittene Ordnung schaffen.

18

Wilnius bei Autenrieth.

Autenrieth: Das ideale Selbst, das Ihnen leuchtend vorschwebte und das Sie wachträumend schon verwirklicht sahen, ist schuld, wenn Sie im realen Leben später gescheitert sind. Ein Heiliger war vor kurzem bei mir zur Behandlung.

Ein Heiliger?

Ja, er wollte – anders als Sie – sein Ich, sein Selbst vernichten. Er glaubte, ein Ruf aus einem transzendenten Bereich sei an ihn ergangen. Um es vorweg zu nehmen: er ist wie Sie an seinem Idealbild gescheitert. Oder sagen wir besser: an der Kluft, die zwischen seiner Vorstellung und der Realität sich auftat. – Er glaubte, nur dann, wenn er jedes Interesse für sich selbst außer acht ließe, könne er Mitleid und Liebe praktizieren.

In der totalen Hingabe an den Nächsten meinte er sein Ideal, also auch sich selbst verwirklichen zu können. Wie schon gesagt, eine

144

Art Gegenbild zu Ihnen. Er wollte sein Selbst, oder besser: das, was er für sein Selbst hielt, abbauen, nicht aufbauen.

Er wollte sich nur noch dem Nächsten zuwenden?

Ja. Er war Buddhist. Auch er suchte nach einem Weg. Einen Weg, der ihn in einen höheren Bewusstseinszustand versetzen sollte. Er bettelte für die Armen, ließ sich demütigen, auslachen und verspotten. Er löste sich von allem, was ihn umgab: von seiner Frau, seinen Kindern, wollte nur für andere leiden.

Auch er konnte seinen selbstgewählten Weg nicht zu Ende gehen. Er scheiterte an den inneren und äußeren Erfahrungen in der Welt. „Ich war zu schwach, um länger stark zu sein" sagte er zu mir.

19

Engelfried ging durch den Park.

Ein Penner spricht mit den Enten, während er sie füttert. „Komm her, ja, du da." Er presst die Worte lallend hervor. Er hockt im Gras, nickt den Tieren zu. Dann zerreißt er mit seinen Händen eine Scheibe Brot, lässt die Krümel vor sich zwischen die zerlumpten Schuhe fallen. Zutraulich kommen die Enten näher, watscheln um den Mann herum, fressen in seiner Nähe und ihm sogar aus der Hand. Er hockt im Gras wie ein Vater, der von seinen Kindern umringt wird.

Engelfried beobachtete die Szene.

Wie wird einmal alles enden? Wo endet mein Weg? Wie wird es mir später ergehen? Wie wirst du damit fertig, wenn du nach Hause zurückkehrst und keiner dich empfängt, dir die Tür öffnet? Keiner später noch kommt. Es keinen gibt, auf den du warten kannst. Der Abend nimmt kein Ende, wenn du allein bleiben musst. Es gibt keinen, der sich noch für dich interessiert, keinen, der Anteil nimmt an deinen Sorgen, deinen Freuden. Es gibt überhaupt niemanden, der sich um dich sorgt. Wie hältst du den Zustand aus? Bleibt dann nur noch das Trinken als eine Art des stillen Selbstmordes?

20

Engelfried sieht fern. Talkshow. Ein Politiker: Ich will aktiv sein. Nur so kann ich leben. Ich erfahre die Welt in einer Art Widerstand. Ich fühle mich von ihr herausgefordert. Ich bin ein Mensch, der die Welt umgestalten will. Besser: ich will dabei helfen. Ich werde mich so lange einsetzen, bis ich die Welt, in der ich leben muss, als die meine akzeptieren kann.

Ich kann nicht in einer katastrophalen Situation, die ich vor meinen Augen habe, einfach nur zugucken und mit den Schultern zucken. Ich käme mir blöd vor. Ich könnte gar nicht weiterleben, wenn ich nur zuschauen dürfte. Ich tue alles, was mir möglich ist.

Ich träume nicht von Welten, die der Situation, in der ich stehe, völlig fremd sind. Aber anpacken muss ich.

Es gibt Menschen, welche resigniert die Hände in den Schoß legen und sich verweigern. Und dabei scheinen sie sich noch wohl zu fühlen. Vielleicht träumen sie auch von einem Ideal. Dann sagen sie zu sich: mein schönes Ideal und die hässliche Wirklichkeit sind unvereinbar. Schluss, Feierabend. Das ist mir zu verantwortungslos, das ist bequem.

Für mich gibt es kein Entweder-Oder. Ich habe kein Ideal, nach dem ich die Welt bedingungslos verwirklichen will. Aber eines kann man erwarten: die Möglichkeiten eines Tuns, das beitragen möchte, die Situation zu verbessern, zu wägen und sich für eine von ihnen zu entscheiden, um wenigstens das, was sich vor der Haustür an Schrecklichem abspielt, nicht ausufern zu lassen.

Der Moderator: Aber der Ekel vor den Machenschaften kann doch lähmen.

Darunter leide ich auch. Aber ich reagiere. Einfach nur dasitzen – das nützt nichts. Gerade wegen der Missstände muss man was tun.

Engelfried lehnte sich im Sessel zurück. Musste es nicht auch Leute geben wie ihn, die nur zuschauen, wenn die anderen in die Arena ziehen?

Ja, er hatte viel nachgedacht über sein Verhalten und das der anderen. Den aktiven Menschen war der Erfolg wichtig. Viele von ihnen wollten nur eine Befriedigung ihrer Kraft erleben. Andere, die mehr inhaltlich bestimmt sind, wollten die Verwirklichung ihrer Ziele und Ideen. Aber jeder suchte doch nur seine Vorteile. Hatte er das nicht im Laufe seines bisherigen Lebens erfahren müssen?

Ich glaube nicht an die völlig selbstlose Hingabe an eine Sache. Ich habe sie bisher nicht entdeckt. Und nur die würde mir Achtung abnötigen.

Birgit! Wut und Selbstmitleid mischten sich, stiegen in ihm hoch. Früher konnte man mit ihr kommunizieren. Und jetzt?

Meine Illusionen sind alle verloren gegangen, dachte er. Kunst als Ware ist von wirtschaftlichen Bedingungen abhängig. Ich hatte einmal eine Illusion von der Unbestechlichkeit des Geistes. Jedes Talent wird heute vermarktet, verkauft sich an den Kommerz. In welcher Zeit leben wir? Das Geistesleben wird von materiellen Interessen beherrscht, das ist nun mal so. Ich habe gelesen, dass Buchkritiken nach geschäftlichen Absprachen geschrieben werden. Ich habe die Sorge, den letzten Halt, den Glauben an mich verlieren zu können.

Ich brauche nun einmal Lebenslügen. Sie sind notwendige Illusionen, mit denen ich die Wirklichkeit, die mich bedrohlich umgibt, einigermaßen erträglich finden kann. Mein Leben ist eine einzige Lüge, ich weiß. Ich habe mir eingeredet, zum Maler berufen zu sein. Es war ein letzter Halt, nachdem ich als Lehrer versagt hatte. Man kann sich doch nur laufend selbst betrügen, will man nicht verzweifeln.

21

Engelfried malt seine Angst. Farben, nur Farben, keine Aquarelle. Jetzt erst fühlt er sich als wahrer Künstler. Wird nicht jede Eitelkeit durch das Feuer der Not verzehrt? Er will nicht ausstellen, kein Lob erhalten. Er ist glücklich, wenn er seine Ängste umsetzen kann in

Farbe. Eine Eitelkeit bleibt. Seine Bilder sind ihm zu schade, von anderen banalen Augen betrachtet und missdeutet zu werden.

Nur Birgit dürfte sie sehen. Aber die interessiert sich ja nicht für ihn. Wollte sie nicht heute Abend schon wieder zu einer Party?

Engelfried pendelt zwischen Balkon und Staffelei. Ich bin doch berufen, sagt er zu sich. Es muss Leute wie mich geben. Die meisten leben nicht wirklich, sie spielen anderen nur Leben vor.

Engelfried lachte vor sich hin. Autenrieth hatte ihm geholfen. Ja, der gute Professor. Sie müssen sich etwas bauen, in dem Sie wohnen können, hatte er gesagt. Andernfalls werden Sie nie einen Halt gewinnen. Sie müssen einen begrenzten Raum gestalten, in dem Sie sich sicher fühlen, sich zu Hause fühlen. Er muss Sie schützen vor einer Welt, deren Bedrohlichkeit Sie fürchten. Und wenn Ihre Unruhe, Ihre Lust auf ein Unterwegssein Sie wieder einmal in die Welt hinaustreibt, in eine Welt also, die sich für Sie als eine Wüste darstellt, dann muss es für Sie ein Zurück geben in eine Burg, in der Sie sich verkriechen können, in der Sie die böse Welt nicht findet.

Ja, so hatte Autenrieth gesprochen.

Jeden Menschen zieht es von Natur hinaus in das Draußen, hatte er noch gesagt. Aber ohne einen noch so bescheidenen Wohnraum, der ihn von der feindlichen Umwelt absondert, ist er verloren. Man kann nicht sein ganzes Leben ziellos von einem Punkt zum anderen schweifen. Auf Dauer macht Vagabundieren nur Spaß, wenn man es von einem festen Punkt aus unternimmt, zu dem man jederzeit zurückkehren kann.

Dieser Autenrieth, er hatte früher nie gedacht, dass dieser Mann Worte finden würde, die ihn so berühren könnten.

Der Mensch ist doch selbst nur ein zufälliger Punkt in einer chaotischen Welt. Ja, so ähnlich waren seine Worte gewesen. Sie müssen sich selbst eine Insel schaffen, Herr Leiser, einen begrenzten Raum, den Sie ordnen und gestalten. Nur dann können Sie sich zur Wehr setzen gegen andringende, Sie vernichten wollende Mächte.

22

Eva pflegte sonst das Image einer lustigen Person, für die man sie im Bekanntenkreis hielt. Aber wenn Birgit ihren Kummer vor ihr ausbreitete, gab sie sich ernst.

Birgit: Es kommt vor, dass Engelfried selbst an seinem Geburtstag bei Anrufen nicht zum Telefon geht. Er sei nicht imstande, Glückwünsche entgegen zu nehmen. Er wirft Mitmenschen gedankenloses Dahinleben vor. Auch ich bin dafür, dass man gerade im Medienzeitalter kritisch bleibt. Aber ich meine, dass man wie Engelfried nicht ständig eine Entwicklung schelten darf, die unaufhaltsam ist.

Seine Nerven sind schwach. Manchmal scheint mir, als leide er unter einer Art Verfolgungswahn. Stell dir vor: der Fahrstuhl kommt bis zu uns hinauf. Es knallt die Tür. Engelfried zittert, ich merke das. Die Fahrstuhltür öffnet sich. Ihn quält die Frage: wird jemand an unserer Tür läuten? Bei den Nachbarn wird geklingelt, dort wird geöffnet, Gelächter ertönt. Engelfried atmet erleichtert auf. Du hattest Angst, sie wollten dich abholen, spotte ich. Er winkt mürrisch ab.

Engelfried würde es nie zugeben, aber ich spüre, dass er sich selbst hasst, weil er sich für einen totalen Versager hält. Weil er oft unmäßig trinkt ... Ich weiß nicht, wie ich mich ausdrücken soll, Eva. Er trinkt den Wein aggressiv. Das beobachte ich immer wieder. Die Psychologie weiß von einer Art des Sich-selbst-zerstören-Wollens aus Selbsthass. Ach, ich mag darüber nicht nachdenken. Es ist so schrecklich. Wir hatten auch so schöne Jahre. Aber er ist wohl krank.

Eva: Du meinst, aus dem unbewussten Wunsch, sich selbst zu zerstören, erwächst auch ein Verlangen, andere zu vernichten, mit sich in den Abgrund zu reißen.

Vielleicht. Aber ich will darüber nicht reden. Wahrscheinlich sehe ich schon überall Gespenster.

Er leidet unter einer vagabundierenden Rastlosigkeit, wie Professor Autenrieth sagte. Er ist ständig auf der Suche nach einer Aufgabe, für die es sich zu kämpfen lohnt. Er findet keine. Das Malen und Schreiben sind nur Ersatz.

Engelfried ist so schwankend. Begeisterung für etwas, zum Beispiel das Malen oder auch eine stille Gartenarbeit weicht immer schnell einer Ernüchterung. Dann klagt er wieder über depressive Verstimmungen, die ihn anfallen. Er besitzt keine Willenskraft, noch etwas mit seinem Leben anzufangen.

Wie oft habe ich zu ihm gesagt: die Zeit bleibt für dich nicht stehen, sie schreitet immer weiter. Es ist deine Zeit. Du hältst die Zeit nicht dadurch an, dass du stehen bleibst. Wenn du immer stehen bleibst und zurückblickst, versäumst du deine Zeit, die mit neuen Inhalten gefüllt sein will. Wie oft hat er zu mir gesagt: ich muss mein Leben neu ordnen. Es bleibt bei Worten.

Eva! Bin ich nicht der Geldbeschaffer? Sorge ich nicht dafür, dass wir uns etwas leisten können? Mit seiner kleinen Pension kommen wir nicht weit. Ich bin immer noch gerne Lehrerin. Aber dieser Job wird immer anstrengender. Die Kleinen, die ich mag, ich freue mich immer noch auf sie. Aber so viele von ihnen sind heute hyperaktiv, laufen unruhig und schreiend durch die Klasse, und die Großen werden immer unausstehlicher.

Birgit weinte. Hastig erhob sie sich, wollte aufbrechen. Doch Eva hielt sie am Arm fest. Es wäre gut, wenn ihr euch trenntet. Du brauchst die Freiheit.

23

Engelfried schreibt in sein Tagebuch.

Jetzt schreibe ich zum ersten Mal, weil ich schreiben muss, nicht, weil ich schreiben will. Ich habe Sehnsucht nach ihr. Ich bin es nicht gewohnt, einen Abend allein zu verbringen.

Die Wohnung wirkt kalt, leer, verwaist, wenn sie nicht durch ihre Gegenwart beseelt wird.

Seit einer Stunde gehe ich mechanisch durch den schon fast kahlen Herbstwald, sehe keinen Baum mehr, mein Blick ist auf den Boden gesenkt.

Als sie nicht mehr im Hause war, sah ich die zusammen aufgebaute Vergangenheit einstürzen, weil ich mit dieser allein leben musste. Ohne ihre Gegenwart würde unser Haus in Trümmer fallen. Der plötzliche Gedanke, ich könnte sie für immer verlieren. Ein nie gekannter Schauder lief mir über den Rücken. Sie kommt zurück, ich weiß es. Während des Alleinseins scheint die Welt von mir abzurücken. Mir ist, als entfernte sich alles um mich herum, ließe mich in eisiger Kälte zurück. Mir war, als wehte mich die Nähe des Todes an, als bewegte ich mich in einem leeren Raum. Ich scheine äußerlich ruhig, aber in mir sieht es chaotisch aus.

Der Wein schmeckt nicht hier im Alten Gasthaus. Die alten Rentner. Ihr Geschwätz wirkt wie Balsam auf die Wunde des Alleinseins. Bald schon gehöre ich auch zu ihnen.

Am Nebentisch erzählt eine Frau: Er kam zum Frühstück die Treppe herunter. Mir ist nicht gut. Dann fiel er um. Ich habe noch die Rettung angerufen, aber es war zu spät.

Apathie durchdringt mich wie ein schleichendes Gift. Eine kleine zufällige Begegnung kann Leid heraufbeschwören. Liebe wütet ohne Rücksicht auf andere, will das Objekt der Begierde ganz. Mögen auch andere Menschen dabei zugrunde gehen. Es ist eine göttliche, übermenschliche Macht. Keine zivilisierte, sondern eine elementare Macht, die jede menschliche Ordnung ignoriert.

Der Raum füllt sich. Die Spätnachmittagsatmosphäre geht unmerklich in den frühen Abend über. Ich blicke mich um. Die Leute sehen nicht aus als würden sie meine Probleme kennen. Neue Leute strömen herein, klopfen zur Begrüßung und um auf sich aufmerksam zu machen auf den großen, hölzernen Rundtisch, der die Mitte des Raumes beansprucht. Alles lacht herzhaft und aufdringlich. Es wird enger. Ich muss fliehen. Nur in der großen Halle ist es noch fast leer. Die Stimmen der Kellnerinnen dringen aus der Ferne zu mir herüber. Drei ältere Herren sitzen in der Halle verstreut vor einem Schoppen und lesen Zeitung. Keiner nimmt vom anderen Notiz. Die ersten Essensgerüche ziehen durch die Halle. Der Saal füllt sich. Erst sind es einzelne Personen, dann erscheint eine Gruppe. Ich leere mein Glas. Es wird Zeit, dass ich aufbreche. Das plumpe Leben bricht in die Stille. Es kriecht langsam und unaufhaltbar durch den Raum, drängt sich an die Tische. Es wird laut. Erst waren es wenige Stimmen, jetzt sind es viele.

Tote, Tote. Jeden Tag überfallen uns die Sender mit der Nachricht von irgendwo in der Welt. Wir nicken mit Bedauern, resigniert und ohnmächtig, vergessen und feiern weiter.

Wieder im Freien. Die fast kahlen Äste der Pappeln am Ufer geben den Blick frei auf den Fluss. Die grünen Abhänge leuchten im Schein der Novembersonne. Das gelbe Weinlaub zittert im Wind. Das Gewerbegebiet hat sich schon wieder ausgedehnt. Aber wie durch einen Schleier sehe ich alles. Mir ist, als tränke ich abgestandene Limonade. Als Birgit mich verlassen hatte, wurde mir erst klar, was sie mir bedeutet und wie brüchig alles ist. Dieses Frieren, wenn derjenige nicht mehr da ist, der dich liebt oder geliebt hat, dich kennt, sich um dich gekümmert hat.

Der nächste Tag. Der Schmerz war zwar heftig, aber doch nur kurz. Sie ist wieder da. Sie war bei Eva geblieben, nur eine Nacht. Es hätte nicht viel gefehlt, und ich hätte längere quälende Spannungen durchleiden müssen. Immer noch ruft es leise in mir: Hilf! Was soll dieser Schrei? Welche Not signalisiert er? Die Angst, wenn keiner mehr da ist, keiner dich mehr kennt ... Der Ruf bedeutet: hol mich mit deiner Liebe zurück. Bewahre, rette mich vor der Vergänglichkeit, vor dem Nichts. Vielleicht ein unsinniger, sentimentaler Ruf. Aber er ist echt, das weiß ich seit heute.

24

Versuch eines Gesprächs. Du hältst alle Fenster verschlossen. Das Licht kann nicht zu dir dringen. Warum sonderst du dich von der Gemeinschaft der Menschen ab? Vergiss nicht: menschliche Beziehungen sind ein Reichtum. Der Beruf bringt Menschen zusammen. Das Gesicht eines anderen drückt oft etwas aus, was auch in dir vorgeht. Es kommt darauf an, das Menschliche in jedem Menschen zu erkennen.

Engelfried, versuche dein Verliebtsein in die eigenen körperlichen und vor allem seelischen Wehwehchen zu erkennen und dann wenigstens zu mäßigen. Du hast gesagt, du brauchst mich. Und darüber habe ich mich auch gefreut. Engelfried, du versteckst dich doch in einem Schmollwinkel. Warum? Du denkst vielleicht, dein Kummer sei ein besonderer Kummer, mit keinem anderen vergleichbar. Dein komplexes Wesen findet sich sonst nirgendwo in der Welt. Ein Irrtum. Es gibt sicher viele Menschen, die ähnlich wie du ihren Platz in dieser Welt noch nicht gefunden haben, nicht wissen, wohin sie gehören. Entdecke im Gesicht des anderen dein eigenes, die Ähnlichkeit mit dir selbst, mit deiner Person. Es gibt vieles, das über das Individuelle hinausweist.

Es gibt keine Gruppe, zu der ich mich bekennen könnte. Ich kann es doch nicht ändern, wenn ich mich vor den Menschen fürchte. In meinem Bewusstsein erscheint die Welt und vor allem die Menschen in ihr immer grausamer, immer böser. Von Tag zu Tag mehr. Gibt es eine ethische Verpflichtung für mich, zur Kenntnis zu nehmen, dass sich überall in der Welt die Menschen die Köpfe einschlagen? Wenn man das grausige Gemetzel, von dem die Tagesschau fast täglich berichtet, durchhält, wird man allerdings manchmal belohnt. Am Ende wird von der glücklichen Geburt eines Tigerbabys berichtet, in irgend einem Zoo der Welt.

Nicht informiert zu sein über die globalen Grausamkeiten macht auch unruhig. Man ist ja an sie gewöhnt. Und schließlich ist es tröstlich, dass in irgend einem Zoo der Welt hin und wieder ein weißes Tigerbaby geboren wird – was selten vorkommt.

Ich bin zu sensibel, als dass mich derartige Nachrichten nicht krank machen würden. Wohl dem, der sich abstumpfen kann. Ich muss mich retten, solange ich noch dazu in der Lage bin. Keiner interessiert sich für mich, wenn ich bedrückt bin. Keiner fragt nach mir. Die Welt um mich herum ist fremd und kalt. Nur von meinen Bäumen geht eine menschliche Wärme aus. Nur im Wegdrängen, im Sich-Verweigern liegt heute noch die Chance zu überleben.

Ich will dir doch helfen, Engelfried, aber du hast kein Vertrauen zu mir.

25

Engelfried Leiser bei Autenrieth.

Engelfried: Zusammen mit dem Glauben an den Sinn des Malens und des Schreibens als an sinnvolle Aufgaben ist mir auch der Glaube an den Sinn meines Lebens überhaupt genommen worden. Ich bin nur noch müde, benommen. Mein immer mächtiger werdender Drang zu trinken ist eine Konsequenz dieser Erkenntnis, ein Selbstmord auf Raten.

Sie haben im Grunde nie an den Sinn des Malens und Schreibens geglaubt, sich diesen Glauben nur eingeredet. Sie waren auch nicht wirklich überzeugt von Ihrem Talent, sonst hätten Sie nicht die Flucht vor Ihrem Manuskript ergriffen. Sie litten unter dem Gefühl der Ungenügsamkeit. Für Sie ist jedes Schreiben, jede Literatur, jede literarische Produktion überflüssig geworden.

Autenrieth schwieg, schien nachzudenken. Dann fuhr er fort: Sie wollen im Grunde nur erzählen, dass es sich in unserer Zeit nicht mehr lohnt zu erzählen. Sie sehen die ständige Produktion von Machwerken, welche die Messehallen füllen. Sie sehen die gierigen Augen der Verleger, die nur noch auf Kommerz schielen. Sie klammerten sich an Ihren Glauben, den Glauben an sich selbst und Ihre kreative Chance wie an einen letzten Halm.

Engelfried: Die Menschen suchen doch nach einer Ordnung außerhalb ihrer Person. Ich möchte nicht nur in meinem Inneren wohnen, sondern in einer Ordnung außerhalb meiner Person – in einer Ordnung, die nicht von mir als Illusion gewollt, sondern als Wahrheit geglaubt wird.

Es ist alles so schrecklich ungewiss. Ich sehne mich nach einer objektiven Ordnung, in welcher jeder Mensch den ihm vom Schicksal zugewiesenen Platz einnimmt. Aber diese Ordnung gibt es natürlich in unserer Zeit nicht, und schon gar nicht gibt es einen dem Menschen zugewiesenen Platz. Alles, was ich anpacke, was ich getan habe, was ich tue, tun werde, erscheint mir wie zufällig, ohne jede Notwendigkeit. Wahrscheinlich haben Sie recht und ich habe mir mein Talent nur eingeredet, um in mir selbst wenigstens, sagen wir: in meinem genetischen Erbe gleichsam einen letzten Halt zu finden.

Autenrieth erhob sich, während Engelfried Leiser im Sessel sitzen blieb. Der Professor ging im Zimmer auf und ab. Er kehrte zu seinem Schreibtisch zurück, blieb stehen, stützte nur seine Arme auf.

Den Dichter verbindet heute mit dem Leser nicht mehr ein gemeinsamer Glaube wie in früheren Zeiten – der Glaube an einen Sinn des Daseins, an eine Welt, der man einen Sinn gebenden Schöpfungsgedanken unterlegt. Das ist sicher. Herr Leiser, wollen Sie denn Opfer dieser unserer trostlosen Zeit werden? Sie sollten sich zu schade sein dafür. Das ständige Reflektieren macht Sie krank oder besser: es hat Sie schon krank gemacht. Und als Krankheit, als eine Neurose sollten Sie Ihre Neigung begreifen. Heute muss jedes Reflektieren ins Leere greifen. Was bleibt, ist das banale, kulturlose, spaßerfüllte Dahinleben. Die ständige Flucht vor dem Gespenst der Langeweile, der leeren Zeit. Sie könnten sich natürlich auch das Leben nehmen, wenn Sie meinen, dadurch glücklicher zu werden. Entschuldigen Sie diese zynische Bemerkung. Aber eines dürfen Sie nicht mehr: reflektieren und philosophieren und an einer Zeit leiden, die es nicht verdient, dass sensible Menschen wie Sie an ihr zugrunde gehen.

Brechen Sie zu neuen Ufern auf. Nehmen Sie Abschied von Ihren unseligen Versuchen, in unserer Zeit noch einen literarisch wertvollen Roman schreiben zu wollen. Kehren Sie um, Sie sind noch vital. Aber jammern Sie nicht mehr über Verhältnisse, die Sie doch nicht ändern können. Erzählten Sie mir nicht, Sie seien früher ein guter Schwimmer gewesen?

Engelfried: Das war noch vor meiner Krankheit.
Gut, dann treiben Sie etwas Sport. Genießen Sie doch das Leben,
solange Sie noch wenigstens physisch gesund sind.
Ich gehöre zu denen, die schreiben müssen, um einigermaßen Ruhe
zu finden. Die Fähigkeit zu schreiben wird aus der Not geboren.
Von dieser meiner inneren Not ahnen die meisten nichts. Ich sitze
zum Beispiel auf einer Bank, sehe auf die Türme der Stadt. Ich kann
nicht auf der Bank in der Herbstsonne sitzen, ohne in mein Tagebuch
zu schreiben: ich sitze auf der Bank in der Herbstsonne. Komisch,
nicht. Ich kann nicht mehr unmittelbar genießen. Ich kann alles nur
noch gebrochen erleben.

26

Straßenszenen. Klobige Stiefel, knallrote Strümpfe, rostrote Leder-
jacke, verwaschene Jeanshose, alles fleckig. 30 bis 35 Jahre alt.
Ein Pappkarton, in dem einige Geldstücke liegen. Strähnige Haare.
Der Mann spielt eine einfache Melodie, die lieblich klingt. Wenn er
die kleine Flöte vor den Mund hält und mit den Fingern bearbeitet,
erinnert er an den Rattenfänger von Hameln. Seine Melodie klingt
zärtlich, leise, sanft, auch einsam.
Vor sich hat er ein Schild aus Pappe aufgebaut: Habe heute Geburtstag.
An der nächsten Straßenecke ein Gitarrist. Er singt:
Manchmal scheint die Zeit
stillzustehen.
Manchmal dreht man sich
im Kreis ...
Dann: über sieben Brücken musst du gehen
dunkle Jahre überstehen.

Ein Gasthaus. Eine Tafel vor dem Eingang. Heute im Angebot: Spanferkel in Malzbier gebraten, aus dem Ganzen geschlagen: eine

Tradition, die nur unser Chefsaucier beherrscht. Dazu lauwarmer Kartoffelsalat.

Zwei Rentner am Stammtisch.

Warum oder wozu leben wir? Sein Nachbar: Wozu?

Ja, wozu. Es muss doch irgend einen Zweck haben.

Wir sind da, um zu leben, das ist alles. Einen Zweck, der für alle gilt, den sehe ich nicht.

Du lebst dahin, einfach so?

Nein. Du musst dir das Leben wie ein leeres Gefäß vorstellen, das jeder einmal erhält. Und in dieses leere Gefäß, das mehr oder weniger stabil ist, oft Sprünge aufweist, muss der Mensch seinen Inhalt gießen.

Interessant, was du sagst. Inhalt?

Ja. Einen Inhalt, den er selbst gesucht und gefunden hat. Jeder sucht und findet seinen Inhalt.

So einfach ist das?

Das ist nicht immer einfach. Mancher muss lange suchen, bis er seinen Inhalt gefunden hat. Auch ich habe mich lange gefragt, ob ich mich zum Beamten eigne. Und du bist schließlich Gastwirt geworden. Ein anderer wird nie zufrieden, weil er sein Leben lang unschlüssig bleibt, für welche Zukunft er sich entscheiden soll. Einer merkt vielleicht sehr spät, dass er sich für einen falschen Inhalt entschieden hat. Ein Inhalt, der gar nicht zu ihm passt.

Vielleicht zu spät.

Ja, vielleicht zu spät. Und vergiss nicht, dass bei vielen das Glas vorzeitig Risse aufweist oder gar zerspringt, aus der Hand fällt und nur noch aus Scherben besteht, bevor er einen Inhalt gefunden hat.

Das ist mir zu hoch.

Überhaupt nicht. Ich meine: er wird vielleicht vorzeitig krank oder hat eine schlechte Ehe. Eine Frage wie „Was ist der Mensch" zu stellen, ist überhaupt sinnlos, weil es keine Antwort geben kann,. Genau so sinnlos wäre es, für dich einen Inhalt finden zu wollen – einen Inhalt, den nur du allein finden kannst. Diese Suche kann keiner einem anderen abnehmen.

Jetzt habe ich dich verstanden. Ich weiß, was du meinst. Ich wusste gar nicht, dass du ein so großer Philosoph bist.

27

Robert Wilnius im Gespräch mit Engelfried Leiser.

Robert: Wer sich isoliert, macht sich unbeliebt. Das ist meine Erfahrung. Man begegnet ihm misstrauisch, weil man nicht um seine Trauer weiß. Wer sich vor anderen verschließt, erregt den Verdacht, er sei eben ein „Unmensch", weil es in der Natur des Menschen liegt, mit anderen zusammenzurücken, um Schläge des Lebens besser bewältigen zu können. Keiner sollte glauben, er käme ohne die anderen aus. Aber wer ahnt schon, dass es manche Menschen gibt, bei denen nicht Hochmut ihr Motiv ist, wenn sie sich zurückziehen.

Autenrieth ist der Ansicht, dass mein unmäßiges Trinken auf einen Hang zum Selbstauslöschen hindeutet. Seitdem ich nicht mehr trinke, hat mein Leben eine positive Wende genommen. Wahrscheinlich werde ich eines Tages rückfällig und die Hingabe an meine Trunksucht wird mein endgültiges Schicksal sein. Aber bis es so weit ist, will ich noch etwas Freude haben, Lebensfreude. Am Ende gibt es kein Zurück mehr. Die Lust am Versinken im Alkohol wird sich durchsetzen.

Engelfried: Gestern kroch die Angst, die mein Inneres lähmt und zugleich für mich die ganze Welt mit einem Grauschleier überzieht, wieder in mir hoch. Ich floh aus unserer Wohnung, rannte stundenlang durch die Straßen, entkam so der Bedrohung.

Robert: Ich erkämpfe mir langsam eine positive Einstellung zum Leben. Ich will allen zeigen, dass ich noch jung sein kann. Ich will mir Lebensmut und Fröhlichkeit zurückerobern. Es ist ein steiniger Weg, aber ich will es schaffen.

Engelfried: Ich habe immer mit Mimikry gearbeitet, um durchzukommen, mit Täuschungsmanövern. Ich musste es.

Robert: Was genau verstehst du darunter?

Engelfried: Eine Anpassung, die vor Entdeckung durch Feinde schützen soll. Wehrlose Tiere ahmen im Aussehen wehrhafte nach. Ich spielte den Brutalen, den Nervenstarken, den Kumpel mit der dicken Haut, den Unsensiblen, vor dem die anderen Respekt haben sollten. An mich sollten sich die ständig lauernden Feinde nicht heranwagen. So kam ich eine Zeitlang durch.

Robert: Mein Vater war ein Sado-Masochist der feineren Sorte. Um sich zu quälen, quälte er andere. Eine Anlage, mit der ich mein ganzes Leben zu kämpfen hatte. Die böse dunkle Lust, anderen und sich selbst eine gute Stimmung zu verderben.

Sie sind ein Mensch, der mich versteht, sagte Engelfried. Wir hätten uns früher kennen lernen sollen. Ich werde Ihre Bücher lesen. Ich habe von Ihnen gehört. Der eine Titel lautet „Der Ferienschreiber", den andern habe ich vergessen.

„Jahre eines Unbehausten". Ein guter Freund von mir hat es herausgegeben. Es handelt sich dabei weitgehend um Tagebuchaufzeichnungen. Aber nicht nur. Mein Freund Urweider hielt sie für wert, veröffentlicht zu werden. Merkwürdig. Er fand auch sehr schnell einen Verleger.

Engelfried: Ich selbst habe mehrere Anläufe genommen, einen Roman zu schreiben, bin aber gescheitert. Mir fehlt die Ausdauer, der lange Atem, um eine Arbeit zu Ende zu führen.

Robert: Aber Sie sind glücklich verheiratet. Ich beneide Sie um Ihre nette Frau. Ich lernte sie einmal flüchtig an einem geselligen Abend bei den Urweiders kennen. Beate, die Frau meines Freundes Hans und Ihre Frau, sind, glaube ich, Kolleginnen an derselben Schule.

Robert: Ich sehne mich danach, aus meiner Kindheit eine Idylle zu machen – sie in ein glückliches, in sich selbst geschlossenes Dasein mit einer eingrenzenden Ordnung zu verwandeln. Eine Idylle, die ohne Berührung ist mit der sie umgebenden Welt. Man könnte auch sagen: ich suche in meiner frühen Kindheit die Idylle, verwandle sie deshalb in eine solche.

Jedenfalls brauche ich den Glauben an meine Kindheit, um nicht jeden Halt zu verlieren. Eine Heimat braucht der Mensch, will er nicht als Unbehauster zugrunde gehen. Nur wenn ich an meine Kindheit glaube, gelingt es mir vielleicht, mich in dieser realen Welt zu behaupten.

Engelfried: Mich quält die Frage nach einem letzten Sinn aller Mühen und Anstrengungen. Ich finde keine Antwort. Ich brauche aber eine. Kannst du das verstehen? Übrigens, wir waren doch schon beim Du. Meine Frau und unser Professor – ich habe leider das Gefühl, sie nehmen mich nicht ernst. Die Frage, das Suchen bohrt weiter. Ich kann es nicht aus meinem Kopf verbannen, es sei denn, ich schlüge meinen Kopf an einer Wand entzwei.

Robert: Das Leben als solches hat Ihnen ... hat dir keine Antwort, keinen Sinn bisher geschenkt.

Engelfried: Nein. Ich habe daran gedacht zu helfen. Ich weiß doch: man hat mir in meinem Leben auch so oft schon selbstlos geholfen. Ich wollte einfach Gutes tun, Opfer bringen an Zeit und Geld. Aber auch dieses Etwas-Gutes-Tun wurde nach einer gewissen Zeit wieder von mir hinterfragt. Ich war also nur eine Zeitlang mit mir zufrieden. Aber worin liegt der letzte Sinn einer guten Tat? Du lächelst. Ich weiß schon, was du denkst: dem Manne ist nicht zu helfen.

Robert: Nein, nein, auf keinen Fall denke ich das. Du darfst sicher sein: wenn jemand die Voraussetzung mitbringt, dich ernst zu nehmen, dann bin ich es.

Engelfried fährt fort: Äußere Betriebsamkeit, materielle Werte wie eine schnöde Maximierung des Mammons, es reicht mir nicht. Ganz im Gegenteil. Ich spüre nur Verachtung. Diese Gier heute, über Werbung Geld zu raffen und dabei noch glücklich oder freudig zu grinsen. – Außerdem: Ich bin ganz froh, nicht wirtschaftlich denken zu können. Glaub mir, ich bin ehrlich. Mich hat es seit meiner Kindheit nie interessiert, viel Geld zu verdienen oder Karriere zu machen. Nun gut, ich bin wie du ja auch immer ein Einzelgänger gewesen. Prestige zu gewinnen in den Augen anderer, Statussymbole zu häufen – ekelhaft. Mich widern Menschen an, die ausschließlich an Kommerz denken. Das tun heute die meisten, auch wenn sie es nicht immer zugeben.

Robert schweigt einen Augenblick, fährt dann fort: Es ist vermutlich die letzte Religion, an der die meisten Menschen unserer westlichen Zivilisation den Sinn ihres Lebens aufhängen, wenigstens ein großer Teil von ihnen. Gier ist immer auf ein Mehr angelegt, macht also zumindest unzufrieden, wenn nicht unglücklich. Das wussten schon alle alten Philosophen.

Engelfried: Es fehlt mir eine Wahrheit, die für mich von Bedeutung sein könnte, die mir hilft, das Fragen zu beenden. Die Liebe zu einer Frau, zu einem Kind, dem ich Zuwendung schenken könnte, das kann man sich wünschen, aber nie erzwingen. Ich bin ehrlich, die Verantwortung für ein Kind würde ich wohl nicht übernehmen wollen. Von meiner psychischen Konstitution wäre ich dafür nicht ausgerüstet. Die Liebe zu einer Frau – früher war ich dazu fähig – ist etwas sehr Flüchtiges.

Früher glaubte ich: jeder Mensch hat irgendwann und irgendwo einen unbedingten Grund zu fragen.

Robert: Wir täuschen uns. Mancher fragt schon mal aus Lust und Laune, nur so. Er hätte es genau so gut sein lassen können. Es gibt sehr viele, die meisten, die ich gekannt habe und heute noch kenne, bei denen das Fragen nach Sinn und Wahrheit bedingt ist, also ausgelöst wird durch eine Grenzsituation, in die sie geraten. Durch einen Verlust, den plötzlichen Tod eines geliebten Menschen. Also aus Ohnmacht und Hilflosigkeit entsteht dann ein verzweifeltes Fragen: warum.

Es tut mir leid, Engelfried, dir das sagen zu müssen. Aber für dieses aus einer existentiellen Not geborene Fragen nach dem Warum oder Wozu habe ich mehr Verständnis als für die Fragen, die sich bei dir im abstrakten Raum bewegen.

28

Professor Autenrieth: Ich habe Ihre Aufzeichnungen „Jahre eines Unbehausten" aufmerksam gelesen. Mir fällt auf, dass Sie sich darin wiederholt lustig machen über Menschen, welche zur Kultur, zur Kunst nur eine genießende Einstellung haben. Ich möchte Kritik üben und frage Sie: Lohnt es, sich darüber noch aufzuregen? Was wollen Sie ändern? Natürlich, es stört nicht nur Sie, sondern auch mich, dass heute alles isoliert genossen wird. Konsumieren und abhaken. Konsumieren und abhaken, nicht wahr? Das ist es doch, was Sie meinen.

Wilnius: Ja, jede Konsequenz für das persönliche Leben wird verneint. Alles ist unverbindlich. Jede Innenkultur gehört der Vergangenheit an. Dieses Konsumieren, dieses Nur-Genießen stört mich. Kunst wird en passant und flüchtig mitgenommen. Manchmal gibt es noch eine kleine Sensation, einen Skandal vielleicht. Aber dann wird das auch wieder schnell vergessen. Man ist ständig auf der Flucht vor der Gefahr, etwas zu intensiv auf sich einwirken zu lassen. Man will genießen, aber nicht erleben. Es gibt keinen Hunger mehr nach geistigen Erlebnissen. Ist es die Furcht, das alltägliche Leben könne durch ein Erlebnis aus seiner Bequemlichkeit gerissen werden? Die Angst vor dem Erwachen: mein Leben ist ja leer, ständig bedroht von Überdruss und Langeweile? Man will kein Risiko mehr eingehen. Eine Lebenstechnik, bewusst oder unbewusst angewandt, soll helfen, das Leben an der Oberfläche zu belassen. Man gewöhnt sich an ein Leben ohne Substanz. Denn wer sich heute bemüht, wesentlich zu werden, der hat sich schon verloren.

Ich bin etwas anderer Meinung. Ich kenne Menschen, die einen großen geistigen oder religiösen Hunger haben. Sie, Herr Wilnius, neigen dazu, alles aus Ihrer Perspektive zu beurteilen. Sie kennen doch kaum Menschen. Nun gut, Sie sagten mir neulich, Sie beobachteten Ihre Umwelt sehr aufmerksam. Aber reicht denn das?

Autenrieth sagte: Aus Ihnen spricht die Enttäuschung. Sie sind nicht mehr zeitgemäß. Das soll kein Vorwurf sein.

Sie mögen recht haben, ich fühle mich als Fremder unserer Zeit. Ein Studienfreund nannte mich einmal einen Exoten. Das Leben muss heute sprunghaft, leicht sein. Aber wer so denkt, der wird doch ruhelos. Nur nicht an einer Aufgabe festhalten, man könnte etwas versäumen. Die Tätigkeiten und die Frauen wechseln. Es scheint, als habe eine Gier die meisten erfasst. Offen zu sein für alles, was das Leben bietet. Wer überleben will im Kampf um Erfolge, der muss sich zu desensibilisieren versuchen. Aber sagen Sie, ist das nicht eine große schleichende Resignation, die alle erfasst hat? Nur keine Entscheidung, welche das persönliche Leben in eine Richtung drängen könnte.

Der Mensch von heute, Opfer des Kommerzdenkens und eines leeren Kulturbetriebes, will sich von nichts innerlich berühren lassen. Das könnte ihn vielleicht zu einer existenziellen Entscheidung verpflichten. Alles vermeiden, was hinderlich sein könnte auf dem Weg zu einem öffentlichen oder materiellen Erfolg.

Es gelingt mir doch nicht, Sie zu überzeugen, dass sich Ihre auf Beobachtung basierenden Behauptungen nur auf einen Teil, sicher einen großen Teil der Menschen, die in der heutigen westlichen Zivilisation leben, beziehen. Aber die Welt ist groß. Warum wandern Sie nicht in andere Paradiese aus?

Ich wurde mir früh meiner selbst bewusst als eines Individuums mit bestimmten Talenten, Neigungen, Leidenschaften. Ich sah die Gefahr, in die Bequemlichkeit des Alltags abzurutschen und den Willen zu verlieren, mich selbst zu gestalten. Ein ständiger Zwang zur Selbstreflexion hat mich davor bewahrt, von mir abzufallen und am Lebensende bittere Versäumnisgefühle durchleiden zu müssen.

Autenrieth: Aber entschuldigen Sie, wenn ich das jetzt sage. Sie sind doch gescheitert. Sie gerieten in eine Suchtfalle und praktizierten einen Selbstmordversuch.

Ja, ich weiß. Ich habe einen falschen Weg eingeschlagen. Ich habe mein Leben immer nur im Hinblick auf eine erwünschte imaginäre Zukunft betrachtet. Ich habe die Gegenwart versäumt und möchte sie jetzt nachholen. Ich möchte in der Gegenwart leben und mich nicht betrügen zu Gunsten einer nur erträumten, noch nicht gelebten Zukunft.

29

Party-Gespräche.
Vorsprechen ... Absagen. Absagen ... Beim Vorsprechen nahm ich immer meinen ganzen Frust mit in die Rolle hinein. Ja, man braucht Durchsetzungsvermögen. Es gab 800 Bewerber, aber nur vierzig Plätze.

Eine Frau zu einer anderen: Der junge Mann ist immer zu Hause. Sie geht morgens weg, kommt spät abends wieder.
Furchtbar.
Ja. Er ist arbeitslos und immer allein. Nun pass auf. Dieser junge Mann inszeniert einen Wasserrohrbruch.
Inszeniert?
Ja, nur so, um seine Frau zu veranlassen, früher nach Hause zu kommen und Stunden bei ihm zu verbringen. Seine Sehnsucht war so groß.
Das ist Liebe.
Denkst du. Sie war böse und hat ihn verlassen.

Ist sie hübsch? Der andere lachte, steckte sich eine Zigarette an. Du wirst sie kennenlernen.

Ein Mann: Die Welt ändert sich, so war es immer. Es gab immer Sieger und Besiegte. So ist das Leben.

Ein Dreißigjähriger: Um einen Roman zu schreiben, bin ich noch zu jung. Mein eigenes Leben und das anderer kenne ich noch zu wenig.

Birgit befindet sich unter den Gästen. Wie dumm sie alle heute Abend dahinreden. Geschwätz, nichts als Geschwätz.

Ihr war, als erwachte sie. Es war doch gut, dass Engelfried wieder einmal nicht mitgekommen war. Aber die Schule hatte sie doch wenigstens eine Zeitlang vergessen können.

Ein Mann mittleren Alters torkelte auf sie zu, fett und kurzatmig. Er schien betrunken. Wer ist denn das, fragte sie Eva, die neben ihr stand und wieder einmal die Dauer-Fröhliche spielte.

Das ist doch Kuraschek. Er hatte einmal eine Fernsehsendung. Er ist Kritiker. Jetzt ist er fast immer betrunken. Früher war seine Qualität als intellektueller Entertainer unbestritten. Heute ist er ein streitbarer Mensch mit einem von Bartstoppeln bedeckten Gesicht. Ich weiß auch nicht, warum ihn Jutta immer wieder einlädt. Ein heruntergekommener Prominenter. Nur noch ein Clown, ein Spektakelmann.

Wenn du mich fragst, ist er einer, der immer auf Kosten der Objektivität den billigen Erfolg benutzt hat, um sich zu profilieren. Ich kenne ihn von früher. Er lässt ohne Selbstkontrolle der eigenen Vorliebe freien Raum, baut auf ihr Werturteile auf. Ein ernsthafter Kritiker meidet diese Art von Subjektivität.

30

Du hast ja recht, Robert. Ein Ziel muss man haben. Ein Ziel gibt dem Leben eine Zukunft. Wer ein Ziel hat, der hat die Zukunft, ohne die man nicht leben kann. Auf Ziele lebt man hin.

Wie kann ich meine Labilität auffangen. Ich komme mir oft vor wie ein Blatt im Wind, das von einer mir fremden Macht bewegt wird. Ich spüre eine tief in mir lebende Angst vor Dämonie und Schicksal, vor Mächten, denen mein moralischer Wille, mein Überlebenswille nichts entgegenzusetzen hat. Dass ich noch lebe, ist Zufall. Dieses Dämonische lebt in mir selbst. Ich muss es in mir selbst bekämpfen.

Robert: Du musst alle lebensfreundlichen, bejahenden Kräfte in dir mobilisieren, um diesem Feind widerstehen zu können. Ich habe das auch lernen müssen. Meine Abhängigkeit vom Alkohol war eine Art Dämon. Ich kenne deine Angst.

Jetzt will ich die dauernde Freiheit von der Droge. Ich will alles dafür tun. Ich spüre, wie der Wille, über sich selbst zu siegen, in mir wächst.

Ich bewundere dich, Robert. Ich möchte mich verkriechen, immer weiter vor dieser Welt verkriechen. Ich habe mich nie um Freundschaften bemüht. Vielleicht war es ein Fehler. Aber diejenigen Bekannten, welche sich „Freunde" nannten, waren keine echten. Sie hätten mir in Notzeiten nicht beigestanden.

Engelfried, mir ist als sei ich durch ein tiefes, enges, beklemmendes Tal gewandert, mit größter Mühe aus diesem herausgekommen und auf eine Höhe gestiegen, die endlich einmal wieder einen Ausblick gewährt. Bisweilen weht mich noch Angst an. Angst, ich könnte wieder abstürzen. Die Angst weht aus vergangenen Tagen in die Gegenwart hinüber.

Robert, du scheinst der einzige zu sein, der mir helfen kann mit deinem Verständnis.

31

Herr Leiser, ich frage Sie jetzt, ohne dass Sie antworten müssen. Ihre Frau deutete an, Ihr Liebesleben sei fast verkümmert. Sie beide schliefen nicht mehr miteinander. Aber ich sagte Ihnen schon: Sie brauchen sich dazu nicht äußern, wenn Sie nicht wollen.

Engelfried überlegte. Was sollte er erzählen? Dieser ältere Herr vor ihm, würde der ihn denn verstehen? Was ging das alles Autenrieth an. Und hatte es denn mit seinem eigentlichen Problem zu tun?

Schließlich sagte er: In meiner Jugend litt ich furchtbar unter meinem Trieb. Eine Leidenschaft, eine Sinnlichkeit, die sich nicht ausleben konnte, nur schwelen durfte, wurde schließlich zur Lüsternheit verdammt. Dank meiner geistigen Struktur konnte ich einen Teil dieser Kraft sublimieren. Aber ein großer Rest blieb.

Weil ich von Haus aus schüchtern war, ja gehemmt, gelang es mir nur selten, eine Frau zu gewinnen. Ich war damals schon schwierig. Frauen und Mädchen, welche fröhliche Männer bevorzugten, wollten nichts von mir wissen. Trennten sich auch meistens nach kurzer Zeit von mir. Ich war also oft allein.

Während einer Gruppenreise in London blieb nur die Lüsternheit, diese den Kopf und alles Denken darin in Besitz nehmende Neugierde auf weibliche Formen. Zum Voyeuristen verurteilt gab ich mein ganzes Geld für Striptease-Lokale in Soho aus in der Hoffnung, der Anblick weiblicher nackter Körper würde meine Phantasie beflügeln und auf diese Weise meine Einsamkeit lindern helfen. Es war alles billiger Ersatz. Am Ende war man einsamer als vorher. Vor Huren habe ich mich immer geekelt.

Engelfried schwieg, dann sagte er: Ich kann nicht einsehen, dass das alles zu unserem Thema gehört. Damals, als Sie mich als Lehrer behandelten und in die Frühpensionierung schickten, haben Sie mich auch nicht danach gefragt.

32

Robert Wilnius ging durch den Park, setzte sich auf eine Bank. Er blickte auf eine von der Sonne angestrahlte Mauer, auf rote Dächer. In der Ferne der Saum des Waldes, alles noch spröde. Das Grün der Weidenzweige hing über den Bach. Kahle Äste warfen Schatten an die grell beschienene Stadtmauer. Die Natur wirkte knospig.

Es geht aufwärts, dachte er. Tore öffnen sich, alles schmeckt nach Neubeginn. Ein Triumph über trübe Stunden voller Schwermut und Einsamkeit. Die Menschen nicken einander freundlich zu, sie lächeln, wenn sie sich begegnen.

Die ersten wärmenden Strahlen, die leuchtenden Farben wirken wie das Lächeln eines sympathischen Menschen, der von Hoffnung sprüht, von Beruhigung und Zuspruch.

Ich habe mein Lebensziel erreicht. Was ich einsam „gekritzelt" habe, wurde dank der Bemühungen meines Freundes Urweider gedruckt und mit 2000 Exemplaren in die Welt geschickt. Mehr habe ich nie erwarten können. Ein Traum ist in Erfüllung gegangen.

Ich bin immer einsam gewesen. Das ist durch mein Wesen bedingt. Mein Wesen stößt mich in die Einsamkeit. In diesem Zustand kann ich nur schwer atmen. Er wird gemildert durch die Tatsache, dass man nicht völlig allein ist. Ich habe das Glück, in Hans Urweider einen treuen Freund zu haben. Ihm kann ich vertrauen. Dieses Glück habe ich früher nicht zu schätzen gewusst. Alleinsein steigert noch die innere Einsamkeit ins Unerträgliche.

Einsamkeit entsteht durch Eigenschaften, welche von anderen isolieren. Die meisten brauchen die wärmende Geborgenheit einer Gruppe. Manche werden abgedrängt, die anderen wenden ihnen den Rücken zu. Was kann ein derartiger Mensch tun? Er kann sich verstellen, sich gemein machen und unter die anderen mischen. Ich brauche den Schutz in einer wenn auch noch so kleinen Gruppe. Ich lebe in der ständigen Angst, dass sich andere gegen mich solidarisieren könnten. Dieses Trauma ist geblieben. Dankbar bin ich für die Betreuung, welche ich durch Professor Autenrieth erhalten habe. Dankbar auch, dass ich dort mit anderen Patienten sprechen konnte. In Herrn Leiser habe ich einen neuen Freund gefunden.

Dankbar bin ich. Ich freue mich, dass das Leben, das unbeschwerte, starke, in sich sinnvoll ruhende Leben mich wieder aufgenommen hat. Der Glaube regt sich still im Inneren, dass hinter allem Dunklen noch ein verborgener Sinn liegt. Dieser Glaube wuchs über Jahre unmerklich, ohne meinen Willen.

Komisch, eigentlich wollte ich immer sein, was ich nicht bin. Und was ich bin, das wollte ich nicht sein.

Ich habe als Zehnjähriger die Welt um mich herum in einem Feuerball verglühen sehen. Sicher, es war nur meine Welt. Was ich erlebte, konnte das Kind nicht begreifen. Der Eindruck bleibt. Später kam er immer stärker zum Durchbruch.

Noch heute höre ich das Einschlagen und Detonieren von Bomben in Nachbarhäusern. Das Geheul der Luftminen, bevor sie ihr Ziel erreichten. Ich sehe die brennenden Straßenzüge, die rot züngelnden Flammen in den Häusern, die schwarzen Rauchsäulen, die aus ihnen emporstiegen. Ich höre noch das flüsternde Murmeln von Gebeten einer alten Frau neben mir, das ängstliche Stöhnen der Menschen, die mit mir zusammen im dunklen Keller saßen.

Ich sehe meine Eltern, ihre erfrorenen, von Trauer erstarrten Gesichter, als sie erfuhren, dass die Großeltern in einer weiter von uns entfernten Straße im Keller erstickt waren.

Die Gesichter der weinenden Frauen, die verzweifelt vor den Ruinen ihrer Häuser standen.

Wer als Kind, als Zehnjähriger die Apokalypse erlebt hat, der muss sein ganzes Leben Fragen stellen.

33

Ach Eva, meine Ehe ist am Ende. Ich habe versucht, es ihm beizubringen. Er hat so getan, als merkte er nichts.

Ich habe es nicht geschafft, ein Ja zum Leben in ihm zu wecken. Manchmal scheint es mir, als kokettiere er mit dem Gedanken: ich kann zu jeder Zeit aus meinem Leben aussteigen, wenn ich nur will.

Er hat keine Freunde, weil er nicht an Freundschaft glaubt. Aber einen Freund hat er: seinen Baum, eine Rotbuche, der er alles erzählt, mit der er spricht. Ich habe meine Freundinnen, ich brauche sie.

Engelfried ekelt sich vor den Menschen. Er sagt es mir immer wieder: er träumt von einer Sintflut. Er sitzt unter einer Kastanie, die er sich in einem Waldstück zur Freundin, zu seiner Vertrauten erwählt hat.

Neulich sagte er zu mir, es ist der absolute Blödsinn, trotzdem lässt mich der Traum nicht los. Bei einem Weltuntergang hätte ich meine persönlichen Vorteile. Ich verstehe ihn nicht. Welche Vorteile meint er?

Ich gebe unserer Ehe kaum noch eine Chance. Die Lust auf Sex ist bei ihm schon lange nicht mehr vorhanden. Und so eng sind wir innerlich nicht verbunden, dass wir in unserem Alter – wir sind schließlich in den Vierzigern – ohne Sex auskommen können.

Unser Leben ist in den letzten Jahren so monochrom geworden. Unsere Tage ähneln einer Landschaft, in der ein grauer Himmel und das Grau des Wassers ineinander überzugehen scheinen. Dass ich neulich eine Nacht bei dir verbrachte, hat nichts gebracht. Er war am nächsten Tag nett und freundlich, ja, sogar ein wenig charmant. Er bemühte sich. Es war fast wie früher. Aber dann ...

Engelfried will nicht mehr reisen. Ich möchte noch in die Welt hinaus. Er möchte nur noch vom Balkon unserer Wohnung zum kleinen Park wandern – aus inneren Gründen, nicht aus Mangel an Vitalität.

Selbst die Straße, die er überqueren muss, um zu seinem Park zu gelangen, erscheint ihm bisweilen bedrohlich. Du bist ein Mönch ohne Gott, habe ich zu ihm gesagt. Ein Mönch, der sich am liebsten hinter Klostermauern verbergen möchte. Aber ich bin keine Nonne und will auch keine werden.

Er hat mein Gefühl für ihn zertreten. In mir ist es leer. Er träumt jetzt davon, sein Leben als Clochard zu beenden.

Bei Professor Autenrieth lernte er einen Mitpatienten kennen. Er heißt Robert Wilnius, ein Mann, der unter Depressionen leidet. Ich habe von Herrn Wilnius selbst erfahren, dass er einen Suizidversuch hinter sich hat und trockener Alkoholiker sei. Ich bin mir sicher, dass Engelfried auch stark gefährdet ist. Die beiden sprechen oft miteinander, und eine Zeitlang habe ich gehofft, dieser Herr Wilnius würde den neuen Lebensmut, den dieser Mann nach seinen Worten wiedergewonnen hat, auch auf Engelfried übertragen können.

Du weißt, ich war auch bei Autenrieth wegen meiner Klaustrophobie. Ich erhoffte mir Hilfe. Er meinte, ich hätte sehr viel früher zu ihm kommen sollen.

34

Engelfried ging im Zimmer umher. Er war allein in der Wohnung. Birgit war wieder einmal zu ihrer Freundin Eva geflüchtet. Er schrieb in sein Tagebuch.

Birgit und ich haben uns wieder vertragen. Ich blicke seit einigen Tagen wieder forscher. Ich trete nicht mehr so zaghaft auf, so als wollte ich mich an allem vorbeischleichen, so als dächte ich: Hoffentlich tut mir keiner was. Ich will in Ruhe gelassen werden, weil ich aus Nervenschwäche und Lebensangst mich keinem widersetzen kann. Erst wer mich mutwillig demütigen wollte, würde meine ganze verzweifelte Wut zu spüren bekommen. Birgit hält zu mir. Ich fühle mich gut. Ich will mit ihr ein neues Leben aufbauen.

Gewaltlosigkeit gegen Mensch und Natur, das wäre eine Welt, in der sich zu leben lohnte. Absage an Technik und den sogenannten Fortschritt. Nur im Rückzug kann der wahre Fortschritt liegen. Ein Sich-Bescheiden nach all den Jahren der Gier und der Maßlosigkeit. Ich versuche, mich der modernen Technik und ihrem totalitären Regime zu entziehen. Eine Ausnahme: ich sehe leidenschaftlich fern. Das Zappen durch die Sender ist für mich eine Art Betäubung.

Mein Vertrauen in die Politiker ist längst verloren gegangen. Die Folge: jeder Appell von ihrer Seite an Solidarität, Loyalität, Zivilcourage wird von mir mit Hohngelächter beantwortet.

Im Rückzug kann ich mich behaupten, mein Selbst bewahren. Wer mich nicht anerkennen will, den lehne ich ab. Indem ich mich für kein Projekt in der Welt engagiere, lehne ich die Welt insgesamt ab. Aus Angst, von der Welt klein gemacht, erniedrigt, gedemütigt zu werden, hilflos sich vor denjenigen verkriechen zu müssen, die man nicht schätzt, bewahre ich meinen Stolz, mein Selbstwertgefühl, indem ich mich in eine Nische zurückziehe. So nur kann ich überleben.

Ja, ich will durch Ignorieren mein Selbstwertgefühl stärken: ich interessiere mich nicht für euch, ich verachte euer Tun. Ich will euch zeigen, dass ich auch ohne eure Interessen und Aktivitäten sehr gut zurechtkomme.

Um mich psychisch zu retten, werde ich in den nächsten Jahren versuchen, wieder den Genussmenschen in mir zu mobilisieren. Den Genussmenschen, der sich nur dem sinnlichen Leben öffnet. Er muss den Geistesmenschen in mir ablösen.

35

Engelfried bei Autenrieth.

Ich habe diese Welt aufgegeben. Vor dem inneren Auge schwebt mir eine andere, bessere Welt vor, die aber zu ihrer Realisierung keine Chance hat, für die zu kämpfen aussichtslos ist. Ich erkenne nichts, für das es sich lohnte, seine Kräfte einzusetzen. Konsequent ist deshalb der totale Rückzug aus einer Welt, deren Verhängnis nicht aufzuhalten ist. Was mir vor allem fehlt, ist der Glaube an den Menschen.

Rückzug aus der großen Welt in die kleine Welt einer selbst geschaffenen Idylle. Ein Leben ohne Ansprüche, das schwebt mir vor. Die Überwindung der Lebensgier und einer Todessehnsucht, welche aus Maßlosigkeit erwächst. Die große Welt hat keine Zukunft. Ich brauche eine Welt der kleinen Dinge und die Freude an ihnen.

Engelfried schlug die Augen nieder, um dem Blick Autenrieths nicht zu begegnen.

Ich dachte, Sie würden mir helfen können. Ich fühle mich seit langem von Ihnen unverstanden.

Ich habe Ihnen geduldig zugehört, versucht, Sie mit Ratschlägen aufzurichten. Ich hoffte, in Ihnen ein positives Denken zu begründen – positiv gegenüber der Welt, so wie sie nun einmal ist und in der wir leben müssen. Und natürlich hoffte ich auch, Sie so weit zu festigen, dass Sie Ihre Mitmenschen akzeptieren wie sie nun einmal sind. Mit Ihrer Einstellung werden Sie nie Zufriedenheit erreichen. Sie äußern sich nur negativ und sind doch noch relativ jung. Ihr

Mitpatient, Herr Wilnius, konnte sich endlich mit seiner Umwelt versöhnen. Schade, dass Ihnen das nicht gelingen will.

36

Eva begrüßte Birgit mit den üblichen Worten. Die Katzen schnurrten wie immer. Sie empfing die Freundin in einem verwaschenen Jeansanzug.
Eva schenkte Tee ein. Trink ein wenig, nur einen Schluck, er wird dir gut tun.
Doch Birgit vergrub das Gesicht in die Hände und schluchzte. Langsam hob sie den Kopf. Ihre Stimme zitterte. Eva, ich muss dir sagen ... ich trenne mich von Engelfried ... Es ist jetzt endgültig, es gibt kein Zurück mehr.
Eva setzte sich zu ihr, nahm ihre eine Hand, drückte sie fest, legte einen Arm behutsam um ihre Schulter. Dann beugte sie sich vor, sagte leise: Wärst du ihm doch bloß nie begegnet.
Ach Eva, es ist schrecklich. Das Leben könnte so schön sein. Die Schule macht mir immer weniger Spaß. Dann sehnt man sich doch erst recht nach einem harmonischen Zuhause. Ich mag ihn ja immer noch. Aber mit ihm weiterzuleben, würde mich verrückt machen. Sie weinte wieder.
Er ist so egoistisch. Ja, stieß sie laut hervor, ich habe einen schrecklich egoistischen Mann geheiratet. Sie besann sich, dann sagte sie leiser: Wahrscheinlich ist er krank, sehr krank.
Sprich dich aus, sagte Eva sanft. Ihre Stimme beruhigte.
Wir stritten uns in der letzten Zeit immer häufiger. Manchmal wurde er heftig und brüllte: Ich komme auch ohne dich aus. Einmal nahm er einen Koffer, zog für ein bis zwei Tage in ein Hotel, kam dann zurück in unsere Wohnung und bat um Verzeihung. Ich liebe dich doch, sagte er immer wieder. Er sagte: Ich spüre einen Schmerz, der immer heftiger wird. Ich kann doch nicht ohne dich leben. Dann

tat er mir leid. Ich weiß, dass er sich nicht ändern kann. Aber ich lebe doch auch nur einmal.

Ich wurde immer wieder weich, blieb mit ihm weiter zusammen.

Er neigt übrigens zum Jähzorn. Das erkannte ich viel später, zu spät. Im Jähzorn verliert er die Herrschaft über sich selbst, dann kann er fast brutal werden.

Vor zwei Wochen fasste er mit beiden Händen das Tischtuch, hob es hoch und schüttete alles auf den Teppich. Tagelang war er dann nur damit beschäftigt, sich bei mir zu entschuldigen. Es täte ihm so leid, ich sollte ihm noch einmal verzeihen.

Zuerst dachte ich, er würde mir die Suppe ins Gesicht schütten. Trotz aller Versprechen, es nie wieder so weit kommen zu lassen – es war das Ende unserer Ehe. Ich sagte ihm, ich könne nach allem, was vorgefallen sei, nicht mehr bei ihm bleiben. Kurz darauf schrie er: Du darfst mich nicht verlassen. Als er mich dann noch ohrfeigte, musste ich ihn verlassen. Und jetzt für immer.

Das hat er getan? Eva schien erschüttert. Das hätte ich ihm nicht zugetraut. Ich hatte immer Angst, dass du an seiner Seite unglücklich würdest.

Birgit sprang plötzlich auf. Ich spüre eine Unruhe in mir, ich muss jetzt gehen.

37

Birgit lebt seit zwei Monaten von Engelfried getrennt. Sie ist in eine andere Stadt gezogen. Inzwischen hat sie die Scheidung eingereicht.

An Eva schrieb sie: Ich habe es lange Zeit nicht wahrhaben wollen, aber unsere Charaktere sind zu verschieden, als dass wir noch hätten glücklich sein können. Unvereinbarkeit der Charaktere, wie oft hatte ich das bei anderen schon gehört. Und jetzt ...

38

Später fand sich in Robert Wilnius' Nachlass ein Brief, den Engelfried Leiser an ihn geschrieben hatte.
(Ein Auszug) Wir haben uns aus den Augen verloren. Schade. Von meiner Frau bin ich seit Jahren geschieden. Ich habe Ruhe gefunden und mich einer Gruppe von Menschen angeschlossen, die alle einen radikalen Rückzug aus der Realität versuchen. Wir finden uns nicht in der Leere eines Niemandslandes wieder. Im Gegenteil. Die Gruppe, der ich angehöre, schafft durch ihr reiches Innenleben eine neue, erfülltere Realität als die, in der ich bisher leben musste. Eine Welt, in der Kunst nicht nur eine Ware darstellt, die verkauft werden muss.
In unserer Künstlerkolonie sind wir nicht von wirtschaftlichen Bedingungen abhängig. Wir wissen, dass nur in der totalen Isolierung sich der Geist vor der Korruption behaupten kann.
Wir sind mittellos, leben ein fast mönchisches Dasein. Verraten deshalb auch nicht unsere Gesinnung um des schnöden Erfolges willen. Eine Kultur, welche nur noch marktorientiert und auf Massenkonsum ausgerichtet ist, hat sich selbst verraten.
Die Sorge, den letzten Halt an mich verlieren zu können, quält mich in dieser Gemeinschaft von Gleichgesinnten nicht mehr.
P.S.: Robert, wenn wir uns früher unterhielten, träumten wir beide von einer Reinheit des Geistes. Ich sehe dich noch resignierend lächeln. Eine lächerliche Illusion, höre ich dich sagen. Aber Illusionen können in der Zukunft an Wirklichkeit gewinnen. Ohne diesen Glauben an eine neue Wirklichkeit, den ich mit meinen Freunden teile, hätte ich nicht weiterleben können.
Am Ende des Briefes findet sich eine Anmerkung von Robert Wilnius:
Dieser Moralist und seine absurde Hoffnung, es sei am Zustand der Welt etwas zu ändern. Der gute Engelfried. Heimlich glaubt er wohl immer noch, durch eine Hintertür ins Paradies zu kommen.